当代作家精品

在门外坐一会儿

陆　锋　著

民主与建设出版社
·北京·

© 民主与建设出版社，2021

图书在版编目 (CIP) 数据

在门外坐一会儿 / 陆锋著 . —北京：民主与建设
出版社，2021.5
ISBN 978-7-5139-3536-4

Ⅰ . ①在… Ⅱ . ①陆… Ⅲ . ①散文集—中国—当代
Ⅳ . ① I267

中国版本图书馆 CIP 数据核字（2021）第 084930 号

在门外坐一会儿
ZAI MENWAI ZUO YIHUIR

著　者	陆　锋	
责任编辑	周佩芳	
封面设计	陈　姝	
出版发行	民主与建设出版社有限责任公司	
电　话	（010）59417747　59419778	
社　址	北京市海淀区西三环中路 10 号望海楼 E 座 7 层	
邮　编	100142	
印　刷	河北信德印刷有限公司	
版　次	2021 年 7 月第 1 版	
印　次	2021 年 7 月第 1 次印刷	
开　本	710 毫米 ×1000 毫米　　1/16	
印　张	14.5	
字　数	210 千字	
书　号	ISBN 978-7-5139-3536-4	
定　价	58.00 元	

注：如有印、装质量问题，请与出版社联系。

目　录

第一辑　问青山几里，无笑也无情

独坐春风里

　　蓝得有些透明的天空下划过几道黑色细线，那是灵巧的小燕子。它们斜着身子在空中极快地掠过，轻轻落在电线杆上休憩，像极了五线曲谱上的轻快音符。

　　风一吹，春天就有了声音。

　　蛰伏了许久的小山，伸了个懒腰，在和风细雨的滋润下一点点朗润起来。不复往日干干巴巴的模样，一身盎然春色显得生机勃勃。

　　山脚有小径，蜿蜒没入山林深处。说是小径，不过是宽一些的田垄罢了。只是，这里的田早就荒了多年，无人耕种。就好像鲁迅说的那样，"地上本没有路，走的人多了，也便成了路"，这里本没有路，走的人虽不多，但还是硬生生踏出一条小径来。

　　地，无人耕种，正好给了小草一个舞台。一根一根的草、一丛一丛的草、一簇一簇的草，赶趟儿似的纷纷从泥土的缝隙里冒出头来。嫩嫩的绿，亮亮的绿，明明白白的绿，春的气息就这样直截了当地与你撞了个满怀，硬生生逼走了你心头积压一冬的沉闷，单单心情畅快是不足够的，它非要你飞扬不可。于是，漫漫一片绿意中，你心情飞扬起来了，就像天空浮动的风筝一样，明明是和煦的春风，却有股力量不住地拖着你的心往上，往上，再往上……

　　小径的尽头有条溪、有座桥。溪窄，桥小。桥下溪水涓涓，两岸草色青青。这个时节，野花还不多，偶有几朵点缀其间。好不容易看到零星点点的粉嫩散在草丛里，刚要定睛瞧仔细，风吹草动，哪里还有粉嫩颜色？尽数被绿意吞没了。

过了桥，便是山林了。

此时的山林，植物繁茂，无不争先恐后地抽枝、发芽，蓬勃、有力量。那些憋着劲儿蛮横生长的树多是新树，像是急吼吼的初生牛犊，总想与万物斗春。有些年头的老树则不然，它们有自己的节奏，不疾不徐，气定神闲地抖一抖身子，缓缓呼吸，缓缓生长。它们知道，春天还长着呢！春光就在这里，急急忙忙是一天，不急不躁也是一天。总是长在这春天里，急什么呢？

山路盘旋，僻静处，大丛黄灿灿的迎春花独自芬芳。一路走来，也就在此处才看到了迎春花。枝条细长稀疏，热烈中透出几分柔弱，想来是这里背阴，缺了春光的滋养吧。

一路行至山顶，极目眺望，一波一波的绿，层层叠叠，似浪，悠悠然往天边去了。看得久了，那波绿似乎又在往回返了，竟是徐徐然往我这儿来的架势。我就这样站在山顶，看着春天在那儿来来回回，忙个不停。

原想出门寻一抹绿，不曾想与春色撞了个满怀。于是，我乐得独坐春风里，看那春光喧闹枝头，听那春水流过小桥⋯⋯

江南野菜破春来

立春之后，我便对田野有了念想，荠菜、蒌蒿、马兰头……也不知道，长得怎么样了？

荠菜是极好吃的。每年春天在田野间挖回家的第一茬荠菜，母亲都会拌来吃。荠菜洗净，在水里焯一下，切碎。香干切丁，翠莹莹的绿和肥嘟嘟的香干丁拌在一起，加些麻油酱醋，清香满口，箸不能停。年幼时我曾问母亲："为什么荠菜就是比菜园子里的菜好吃呢？"母亲笑着答："因为那股子野气啊。"

那时，我还不明白"野气"是什么，只知道下个星期就吃不上拌荠菜了。荠菜老了，只能剁碎了做包馄饨的馅儿。荠菜碎与肉糜和在一起，再撒上一小撮虾米，包裹在馄饨皮子里，圆圆滚滚得像个元宝。这一顿荠菜馅儿的馄饨，就是春天里的绝佳美味了。

本来只是馋一馋荠菜，却在汪曾祺的《大淖记事》中又与蒌蒿相遇——"春初水暖，沙洲上冒出很多紫红色的芦芽和灰绿色的蒌蒿，很快就是一片翠绿了"。这让我想起了苏东坡的诗句"蒌蒿满地芦芽短，正是河豚欲上时"。

关于河豚，我印象最深刻的还是幼年时在一家酒店墙上看到的海报"河豚剧毒，严禁食用"八个大字，触目惊心。因此，学到苏东坡那两句诗时，总是想着他到底吃没吃河豚呢？后来，读书渐多，发现古人写河豚多是要带上蒌蒿、荻芽等野菜的。李时珍在《本草纲目》中记录："河豚，水族之奇味……但用菘菜、蒌蒿、荻芽三物煮之，亦未见死者。"以至于此后的很长一段时间里，蒌蒿在我心目中地位超然。清炒蒌蒿，那就是"可解百毒"的秘方。

我为自己在书中寻找的秘方沾沾自喜了很久，而母亲却是每天念叨着"清明前要吃三次马兰头，眼睛一年都不会花了"。

周作人在《故乡的野菜》中写道："荠菜马兰头，姊姊嫁在后门头。"马兰头，是江浙一带人春天常吃的野菜。在乡间，河岸边、田埂上，马兰头密密麻麻，东一簇、西一丛，一会儿工夫就能挑满满一篮子。马兰头的做法极多，可炒可烹可拌可煮，还能当成包饺子、包子、团子的馅儿。清代袁枚的《随园食单》中就写道："马兰头，摘取嫩者，醋合笋拌食，油腻后食之，可以醒脾。"汪曾祺也不吝笔墨："我们祖母每于夏天摘肥嫩的马兰头晾干，过年时作包子馅。她是吃长斋的，这种包子只有她一个人吃。我有时从她的盘子里拿一个，蘸了香油吃，挺香。"可见马兰头实在是种好食材。

每年清明前，母亲总要忙忙碌碌地做好几次马兰头馅儿的团子，说是要给我这个"近视眼"补补眼力。这个说法显然没什么科学依据，吃了这么几十年，我的视力依然。不过，马兰头团子的味道让人十分惦念，成为春天里的一个念想。

春风吹了几吹，不知何时才能吹绿江南岸？

这春天呐，只有野菜在舌尖上打过滚儿，才算是真的来了呢！

醉桃花

　　春意，是层层叠叠铺陈开来的，极有层次感。杏花、梨花、樱花、桃花，次第开放，烂漫了整座城。

　　春花遍野中，又数桃花最是好颜色。只是，去何处赏桃花才不会埋没了这份好颜色，却是一个难题。直到我读到了李白在《忆秋浦桃花旧游，时窜夜郎》中写的那句"桃花春水生"，简简单单五个字，确实震慑心神——桃花栽种于溪水旁，花开时恰是春水大涨的时候，岸上一树花，水中一树影，风动、水动、花动、影动……这份鲜活、这份灵动，才是真正的春日好颜色！

　　屋后有座山，山间有条小溪，溪旁有几株稀疏桃树。彼时未曾在意，现在细想，倒是记起那几株桃花年年开花，却不曾结过果子。

　　溪水浅且透亮，一眼见底。我在溪边驻足，侧耳听，溪水淙淙，活泼欢快，而桃花却是静默无声的。它像是误入了藕花深处的李清照，途经山间看见了这份景致，便沉醉在其中。它未曾争渡，我却已经是那只因惊艳而打破了这一份静谧画卷的鸥鹭。

　　往日里看到的桃花，灿灿在枝头，灼灼其华，总是一副美且自知的张扬姿态。此处的桃花，许是因为树少，不成林，少了一份热烈，却多了一份沉稳和别样的韵致。它站在那里，徐徐绽放，无风时照影水中，娉娉婷婷。风起，落花在水面，漾起涟漪，皱了春水，却还是安安静静的无辜模样，却让人越发不能忽视那粉粉嫩嫩的妍丽美态。

　　我循着溪水往山中去，不禁想起了陶渊明。陶公当日缘溪行，而后逢桃花林又入桃花源，必然也是与今日的我一样，被这落英缤纷惑了心吧。

桃花源自然是没有的。山中多杂草，行了数百米，人便不能再往前走了，我只能坐在桃花树下歇歇脚。花瓣落下，拂过脸颊，犹如细吻。我拾起地上的花瓣仔细端详，确实像极了美人的粉腮。

我空身而来，在桃花树下坐了坐，倒是无比羡慕一个人——明朝才子唐寅。他的《桃花庵歌》我一直印象颇深，"桃花坞里桃花庵，桃花庵下桃花仙；桃花仙人种桃树，又摘桃花卖酒钱。酒醒只在花前坐，酒醉还来花下眠……"若能如此肆意畅快，谁人不愿意半醒半醉日复日呢？

如今，摘了桃花换酒钱是行不通了，倒是可以趁此时节收集些桃花瓣酿酒。关于桃花酒，在《太清草木方》中就有记载：酒渍桃花饮之，除百疾，益颜色。

罢了，罢了，我便去酿一壶桃花酒。待酒酿成，我再来此处坐一坐，又何尝不是人间美事一桩呢？

三月香

初识春韭，是在《红楼梦》中看到了这么一句诗："一畦春韭绿，十里稻花香。"彼时，我方十岁，读到此处十分纳闷，韭菜一年四季都有，怎的林黛玉就点名了是春天的韭菜，夏天、秋天、冬天的不行吗？问了母亲才知道：春韭香，夏韭辣，秋韭苦，冬韭甜，一样的韭菜，时令不同，味道也是不同的。

年岁久远，母亲的其他话语我早已淡忘，只记住了一句——早春三月的头一茬韭菜，最嫩最香最好吃。

这话一点都不假，吃过四时的韭菜，就越发惦念春韭的鲜、香、嫩。

古人都有春天咬春的习惯，买个萝卜吃是咬春，吃春饼也是咬春。那我的咬春大抵就是从春韭开始的吧。

春韭实在是怎么做都好吃。把韭菜切得细细的，打上鸡蛋，加面粉和水调成面糊状，平底锅起油，摊成薄薄的饼，金黄和碧绿、蛋香混合着韭菜香，好看又好吃。或者，将其切断，取一细条腊肉切薄片，刚下锅就香味四溢勾得人口水直流。甚至，只是韭菜和豆芽单独清炒一盘，也是别有一番好滋味在舌尖。

我偏好春韭与肉一起做馅儿包馄饨。清人杨静亭有诗赞曰："包得馄饨味胜常，馅融春韭嚼来香。汤清润吻休嫌淡，咽后方知滋味长。"单是读这诗句，便觉得齿颊生津了。

肉必须是猪腿肉，肥瘦皆宜。肉馅不能用绞肉机绞，得用刀剁。绞肉机里出来的肉糜是没有灵魂和生气的，只有刀在案板上手工剁出来的肉泥才不至于埋没了春韭的那份鲜活滋味。

馄饨在沸水中翻滚了几回，不再沉底，便是熟了。

南方人爱汤馄饨。是以，馄饨出锅前，就早早备好了汤底。调馅儿前猪骨就在灶上熬着了，此刻已经香气四溢，却又如白水一样清澈不见油腻。取一只大海碗，放一小撮虾皮、一小撮香葱、一勺榨菜丁、一勺凝固的猪油，然后取一瓢滚烫的高汤兜头淋下，一时间虾皮、香葱、榨菜丁都在碗里打起了旋儿，猪油在顷刻间化溶入汤中，香气扑鼻。

骨汤的鲜、猪油的香，若是换了其他馅儿的馄饨，只怕是就此被盖住了风头。春韭做馅儿却不会，一口咬下，仿佛春花在舌尖绽放——那是春天的气息，是大自然的召唤，还有蛰伏了一季的土壤苏醒的感觉……

三月已至，我们该停下匆匆脚步，尝一碗慢工细活的春韭馅儿的馄饨了，让春天在舌尖绽放！

江南四月春

四月的江南，草长莺飞，一片秀色沐浴在无声的细雨中。

江南的雨是一只手，把春天的大门叩开。雨丝如丝，如烟，如雾，如梦，如牛毛，如小姑娘的绣花针，飘飘洒洒又缠缠绵绵。然后，桃杏红了，柳絮白了，山峰青了，秧苗绿了，就连山脚下那汩汩流动的小溪流，也比往日多了几分秀丽。

"春雨贵如油"，人们喜极了这润物细无声的春雨。这雨更像是湿漉漉的烟雾，悄无声息地滋润着大地和人心。

远山含黛，层峦叠翠。

远处的山，似乎在一夜之间换了新装，变得润泽起来。郁郁葱葱，生机勃勃。

有人说"江南多丘陵，十里不同音，百里不同俗"。确如是，江南的山，总是给人一种"山重水复疑无路，柳暗花明又一村"的感觉，只要你继续前进，总会有惊喜在前头等着你。这时山间的风也是温婉柔情的，像顽皮的小子，撩你一下又跑远了。

春风拂过江南岸，那么深，又那么浅。这里没有塞外"轮台九月风夜吼，一川碎石大如斗，随风满地石乱走"的豪迈，只有"吹面不寒杨柳风"的温柔缱绻。

岸边开满了不知名的野花，白的、黄的、粉的、红的、紫的……青石板的缝隙间，也夹杂着了几抹新绿，那是生命力顽强的小草听到了春的呼唤，奋力冲破泥土的禁锢，抖擞精神迎春而生。低头，看到了墙角的迎春花嫩黄，东一簇西一簇，随意伸展着它的枝条，慵懒又生机勃勃。抬头，含苞待放的桃花站在枝头，像搽了胭脂的少女，羞羞答答。转首，白嫩嫩的杏花爬满了枝头，扭动自己娇美的身躯，傲然挺立，光彩夺目……各种颜色不同的花儿在春风里恣意开放，不管不顾，只往妖娆处开去。

都说水是江南的魂，江南的水像一张网，阡陌纵横。绿痕上阶，鱼漾浅水。久未有人光顾的河边石阶上已经长了青苔，细长的小鱼在浅水处慢悠悠地游着。偶尔会有乌篷船在河中缓缓驶过，老艄公穿着蓑衣戴着斗笠站在船头，一下一下摇着橹，偶尔与岸上的熟人聊上几句，偶尔哼上几句吴侬软语的小调，一派生趣。

载一船春色，铺百里湖光。

杏花，春雨，江南。

小桥，流水，人家。

江南无所有，聊赠一枝梅。

春意枝头浓

春天，是闹哄哄的。

春风剪裁了柳叶，春雨朗润了山野，春花——烂漫灼灼，媚了人心！不同于凛冬时梅花的"疏影横斜水清浅，暗香浮动月黄昏"，春天的花开起来热热闹闹，一眼看过去，就是盈盈满满一树花儿。

宋代诗人赵师侠在诗中写道："梅花谢后樱花绽，浅浅匀红。"一声春雷，惊醒了酣睡中的樱花。它揉揉惺忪的睡眼，懒懒地打了个哈欠，然后用尽全身力气在枝头绽放。

樱花开时，一片片，一卷卷，一重重，似云霞织成的锦，似早春酿下的酒，似月下旖旎的梦……这时，我想起了鲁迅先生的作品《藤野先生》。文章一开头便是"上野的樱花烂漫的时节，望去确也像绯红的轻云……"以至于很长一段时间，我都以为樱花源自日本。直至看了《樱大鉴》的记载，才知道樱花原产于喜马拉雅山脉。秦汉时期，中国就开始栽种樱花，唐朝时期有日本使者将樱花带回日本栽种。

如果说樱花是春天里一场盛大的灿烂，那么，被春雨悄悄唤醒的杏花，就是那个安静走进烟雨江南的弄堂里的邻家姑娘了。

杏花开时，虽是一树一树开得热闹，却是含蓄内敛的风情。它总是一副欲绽还收、欲说还休的娇容，是未经雕琢的清新淡雅、是小家碧玉的不动声色。就好像宋代诗人陆游在诗中写的那样："小楼一夜听春雨，深巷明朝卖杏花。"你听到春雨淅淅沥沥，却不知道杏花悄悄开了。清晨推开窗，一片朦胧中，不知道哪一片是雨、哪一片是云、哪一片是花？直到小巷深处传来了叫卖声，才知道杏花就在那片朦胧里静静绽放了。

恍惚觉得枝头的杏花像是坐在门槛上望着远方的姑娘，小女儿的心思在眼中流露，她看着春天一步步往深处行去，看着我们一步步向她行去……而她，就这样在枝头一直开呀开呀，从唐诗宋词里一直开到我们眼前的这个春天，轻柔柔、俏生生，让人心里猛地生出几分踏实来。

杏花开过，还有桃花、梨花……

春风徐徐，花香阵阵。仰头是一片干净的蔚蓝，眼前是云蒸霞蔚、熙熙攘攘的春意，身后是随风而舞的落花铺成的锦缎。

何处不妖娆？无处不妖娆！

春事忙

春雨过后，春阳格外潋滟，如冰，如镜，透亮透亮的。

桃花在房前屋后不管不顾地烂漫，密密麻麻地开了一树又一树，欢欣极了。平日里寡淡的黑瓦白墙就此生动起来，仿佛一团软和的粉云落在村子里，平添了几分世外仙境的美。

这是村子里最美的时节，也是最忙的时节。

一年之计在于春，一日之计在于晨。天色微亮，先是鸡鸣、犬吠，继而是锅碗瓢盆的嘈杂声，静谧被打破。门一开，关了一宿的鸡争先恐后地振翅冲了出去，急匆匆往自己的"地盘"赶去；大黄狗慢悠悠地跟随其后，倒有几分像是押镖的"镖师"。

炊烟袅袅升起，一天的农事也就开始了。

桃花开得热烈，谢得也壮观。只一晚工夫，花瓣就落得满地，成堆成团。家门口的小河里，浮了粉嫩嫩的一片。女人们在河边淘米、洗菜、洗衣服，花瓣就在她们手边来来回回地打转，像个顽皮的孩子，和她们的手捉迷藏。无奈，女人们只能三不五时停下手里的活，顺流拨动水面，催促小河驮着花瓣赶紧向下游奔去。

老黄牛闲庭信步到了田头，看见了隔壁垄上已经有人在劳作，停下脚步，甩着尾巴，"哞——"了一声，似乎是在与熟人打招呼。这年月，能赶牛犁地的都是上了年纪的老者，年轻人是没有这份本事的。只见他们一手扶着自制的犁柄，一手捏着一条鞭子，驱赶着老黄牛就下了地。偶尔会听到鞭声，以及老者的吼声，随后是老黄牛带着些许讨好意味的哞声。

你仔细瞧，那鞭子是从来不会落在牛身上的，都是空鞭。他们和牛相处多年，早已建立了深厚的感情，哪里舍得抽打自己的老伙伴？即便是多犁一垄地，那也是舍不得的。

一垄一垄褐色的地被翻开，就好像闷了一个冬季的蒸笼开了盖儿，一股泥土味儿扑鼻而来。老者时不时还要停下来，俯身拿一块土疙瘩，捏一捏，闻一闻。都是庄稼地里的老把式了，就好像老中医诊脉一样，他们这是在给田地诊脉呢。给多少肥，灌多少水，全在这一捏一闻之间。

地整好以后，便可以种了。家家户户忙着种白菜，种土豆……这个时节，该种的、能种的东西太多了。房前屋后的每一寸土地都不能浪费，这里一畦瓜、那里一畦豆，就连屋檐下，也得寻个泡沫盒子种上一盒小葱。

正如范成大在《四时田园杂兴》中写的那样，"昼出耘田夜绩麻，村庄儿女各当家。童孙未解供耕织，也傍桑阴学种瓜"。这个时节，村子没有哪个人是闲着的，也没有哪块地是闲着的。

日落西山，飞鸟归巢，鸡兔进笼，脖子下挂着铃铛的短角黄牛不疾不徐地走在小道上。炊烟再次袅袅升腾，村子在一阵锅碗瓢盆的喧闹后跌入静谧。

春风吹过，又落了一地桃花，成堆成团……

蔷薇花开春将尽

院中，花木葱茏。偶有鸟雀啾鸣声，循声望去，它们早已飞过那一墙高高的蔷薇花，逐渐模糊成一个黑色小点，只留下一墙开得繁盛热烈的蔷薇花静默矗立。它们在我的目光里，缓缓地绽放；它们在软软的晚风里，缓缓地摇曳；它们在春的尽头，缓缓地明媚。

倚墙而生的蔷薇花，枝枝蔓蔓，重重叠叠，热热闹闹地铺满了整个院墙，纷繁如梦境。花枝攀爬上墙头，又从墙头密密匝匝地垂下，满满的，没有一丝缝隙，像是一道缀满了锦绣的帘，帘上明明白白地流淌着春意的深和浓。

我总是将蔷薇、月季、玫瑰混淆，闹了许多错把冯京当马凉的笑话。久了，心里生出了执念，越是分不清楚，便越发想要分辨个明白。直至读到明朝王象晋的《群芳谱》，我才释然。蔷薇属植物可分为蔷薇、玫瑰、刺藦、月季和木香五类，本是同一属的植物，形有相似不足为奇。

此时，春将尽，夏未至。百花争妍已落幕，蔷薇花便在这小院里悄然烂漫起来了。花香盈满院子，如水波在空气中荡漾开去，倒是让我想起了晚唐诗人高骈那句"满架蔷薇一院香"。

蔷薇花香，馥郁芬芳。

明代顾璘曾经赋诗："百丈蔷薇枝，缭绕成洞房。密叶翠帷重，秾花红锦张。对著玉局棋，遣此朱夏长。香云落衣袂，一月留余芳。"明晃晃地告诉世人，蔷薇花瓣落在衣袖上，一个月还留着香味呢。

诗人对喜好之物，总是不吝啬言辞。我虽不信，但每逢花开，还是日日静立花前读书。香气缭绕身畔，总觉得手中的书悦目了许多，神思也清明了许多。

据说，每当柳宗元收到韩愈寄来的诗时，他总是要"先以'蔷薇露'灌手，薰玉蕤香，后发读"，这种做法表示柳宗元对韩愈的来信非常敬重。

我在《云仙杂记》上读到这一段时，如获至宝。只是遗憾自己不够灵巧，不会制作蔷薇露，只能折中，在花前读书，染一染这香气也好。后来又在《宋史》中读到"有蔷薇水，洒衣经岁香不歇"这样的句子，蔷薇花香便成了心底的一个结——盼春深，盼花开。

春深处，院里蔷薇花悄悄然开了，爬满了整面墙，绚烂且妙曼，安静地热烈着。

我于傍晚悄悄剪下一枝花，插在案头瓶中，香盈一室。

蔷薇花开春将尽，只盼春将尽时香犹在！

山上看花

　　山上的春，总是比山下要晚一些。山脚的迎春开得极盛，明黄色，灿灿烂烂。山上的土才初初露出些许黑色的肌理，塘里水才开始涨起来。

　　山林里的静是深沉且厚重的，偶尔的几声鸟鸣也是极其短促。拾级而上，草木萋萋。土壤细细的缝隙里，小草翠碧清莹，不染一点凡尘之气。山道上，花是不多见的，零星几点野花，摇曳在春风里。倒是遇见了许多苔藓，无花、无果、无枝、无蔓，一蓬、一蓬，整丛青碧，茁壮繁茂。它们迎风而立，精神抖擞一路排开，一直迎我至山顶。

　　山顶，是有花的。

　　一树晶莹如雪的白花，花开得极其繁密，挤挤攘攘，热热闹闹，且幽香袭人。这是一株寂寂于山野的山矾。只是，如今识得山矾的人已经不多了。

　　色白之花，像雪、像玉，不免让人觉得寡淡、凛然、冷清，如梨花、如李花、如水仙。一树雪白，偏又能让人觉出纷繁意味的，只怕也只有山矾了。数年前，我与这株山矾偶遇，只觉它亭亭华盖，极美，却不知它姓名。回去翻查了许久的资料，才知这竟是无数诗人词句中的"玉蕊"。

　　曾有无数文人雅士为它背书。杨万里赞它，"玉花小朵是山矾，香杀行人只欲颠"；王建写诗云，"一树玲珑玉刻成，飘廊点点色轻轻"；张镃毫不吝啬地夸了它的香气，"山矾风味木樨魂"；赵彦端拿它与梨花比较，"山矾风味更梨花。清白竞春华"；黄庭坚是爱极了山矾的，"山矾独自倚春风""山矾是弟梅是兄"——诗人，愿意用文字记录心头喜好。

山矾，它曾是园林里的名贵花木，诗人们为它赋诗甚多。后流落山野，亦不卑不亢，纵使无人欣赏，时序到了，它便热热烈烈开满一树花。倒不枉钱谦益在《玉蕊轩集》中对它评价甚高："山矾清而不寒，香而不艳，有淑姬静女之风。"远离喧嚣，不染凡尘，纵不金贵，却自有风骨。

　　春天，山矾开花的时节，我便要上山来看看它。张潮在《幽梦影》里写"楼上看山，城头看雪，灯前看月，舟中看霞，月下看美人，另是一番情趣。"春阳潋滟，春花烂漫里怎可少了这一树热闹的繁白？你该当上山来看看山矾，品一品它的风骨，赏一赏这春光！

　　山上看花，花入眼，亦入心。

院中竹

院中有一丛竹。

依稀记得前些时候还是脆嫩嫩的春笋样儿，数日没留意，竟是一竿竿青碧拔地而起，冲天而去。我时常恍惚，觉得那是武侠小说中的剑阵，看似杂乱无章，实则凌厉异常。

竹，似乎生来就带了这样的兵戈之气。叶片梭形，像极了武侠小说中薄若蝉翼又锋利无比的飞刀，怪不得金老爷子在借书中人物之口说出"飞花摘叶，皆可伤人"这般话语。好在现下春日和煦，风过竹林，只觉龙吟细细，凤尾森森，清净肃然，倒不觉得兵剑萧瑟，千军万马压境而来。

地上落了一地的壳。

灰褐色，大小不一的黑色斑点，布满了黑色小毛，细密、扎人。这壳是竹子的外衣，先是保护着竹笋生长，等竹子长成，又干干脆脆地掉落在地。

古人谈竹，总是离不开一个"清"字。

郑板桥画竹，清雅。

据传，他一生有三分之二岁月都在为竹传神写影。对于竹子之形，他如此描绘："江馆清秋，晨起看竹，烟光日影露气，皆浮动于疏枝密叶之间"，寥寥数语将竹枝竹叶在晨雾朝阳下仿佛透露着清雅之气尽数写出，跃然纸上。最终，他喟叹："四十年来画竹枝，日间挥写夜间思。冗繁削尽留清瘦，画到生时是熟时。"

王维写竹，清幽。

"独坐幽篁里，弹琴复长啸。深林人不知，明月来相照。"一首《竹里馆》道明了诗人在意兴清幽、心灵澄净时于竹林间独坐，悠然弹琴。

人，置身在这清净幽深之处，身上自然而然就多了几分静美。想必，那一刻置身万竿竹中的王维，定是感受到了清幽带来的快活与惬意。

我立于窗前，看着那一丛竹，瘦却锐利，破土而出，直上云霄，如剑破长空，有股势不可当的气势。

——辛弃疾！

脑海中不期然浮现出这个"醉里挑灯看剑"的"词中之龙"。他写词，豪放且明快，提及竹也是如此，随手挥毫就是一句"细读离骚还痛饮，饱看修竹何妨肉"，尽显其洒脱本色。

他挺拔，锋锐，如一竿修竹，如一柄利剑。胸中壮志，出于笔端，那是英雄豪气；困于身内，自成剑拔弩张之势，一身剑气。是以，我读他的诗、看他的画像，总能感觉到一股巍然独立的冲天劲儿，那分明就如眼前的竹一样——如剑凌厉，一招一式间又快意无比。

林中时有巨响，那是竹子拔节的声音，就像利剑出鞘，清脆、凌锐。只一刹那，复又无声。若不是地上的壳又多了一些，怕是要生出恍然之感。

院中一丛竹，轻轻不自语，于幽微中浩大。

第一枝荷

尚未觉得炎热，家门口的池塘里已然碧叶田田。

我临窗远观，不期而然想起了清末吟香阁主人编写的《羊城竹枝词》中的诗句：泮塘十里尽荷塘，姊妹朝来采摘忙。不摘荷花摘荷叶，饭包荷叶比花香。

若是摘回新鲜荷叶，将肉和粉包裹其中，隔水蒸熟，肉与粉尽染荷叶香气，便是夏日独有的限定美食——荷叶粉蒸肉。抑或用荷叶包裹着饭和杂鱼肉蒸熟，让米饭充满荷叶香气，一份别具风味的荷叶包饭就成了。再或者，折几片嫩荷叶，煮一碗荷叶清粥，清润肠胃也是极好的。

此时，荷塘寂静。风吹过，叶叶相牵，翩翩起舞。

我打算去折一些荷叶，洗手做羹汤。

站在塘畔，才看到池中央竟然有一枝荷花亭亭。

它，是今夏的第一枝荷。

就这样，一枝荷凌然立于一池碧叶中，于风中款摆，娉娉婷婷中透着几分清寂，轻逸脱俗的风致。

洛夫说："欣赏别人的孤寂是一种罪恶。"

它孤独吗？

也许！

满池涌动的青叶，连绵如盖，唯有塘中央那一抹红粉遗世独立般存在。

我罪恶吗？

并不！

余光中曾站在塘边对荷唤心爱女子的小名，却不知众多的荷里，究竟是哪一朵，哪一朵会答应他？

我的眼前只这一枝荷，怀抱红粉的温柔，娇羞地低着头。我想，我若唤，它便知是在唤它了，定然是会答我的。它若不答我，待到盛夏，满池荷花都大朵大朵地呈现在我面前，我便认不出它了。而它开得这样早，想必也会成为这塘中最早枯干的莲蓬。如此这般决绝地争一个头筹，又是为了什么？

若是被吟诵："予独爱莲之出淤泥而不染，濯清涟而不妖，中通外直，不蔓不枝，香远益清，亭亭净植……"的周敦颐看见了这一枝"刺儿头"一样不按时节生长的荷，怕是要啐上一口，愤愤说一句："予爱莲，这一枝除外。"

然，这第一枝荷却是我心里眼里喜欢的样子——想开，便开了，哪管那许多，高兴就好。只在荷塘里静静立着，风来了，就动一动；人来了，就笑一笑。

撕去世人加诸于它身上的标签，它只是一枝荷，仅此而已！

它自亭亭，我们可观可赏，如此甚好。

余光中说："那就折一张阔一些的荷叶，包一片月光回去，回去夹在唐诗里，扁扁的，像压过的相思。"

我折了一张碧油油的荷叶举在风里，静静等塘中央那一抹红粉娇羞嫣然回眸。它若回眸，我便要告诉它——我喜欢它！

听夏

夏天是什么时候来的呢？

炙热的阳光洒向大地，斑驳的墙上爬满了爬山虎，覆上了一层肥厚的绿。微风吹过，爬山虎那小巴掌似的叶子"啪啪啪"鼓掌，像是欢迎夏天的到来。

蝈蝈——蝈蝈——

翠绿色的蝈蝈在那片肥厚的绿中攀爬，从这片叶子到那片叶子，左顾右盼，挑挑拣拣，似乎是在寻找一个最佳的表演舞台。它们的歌声清脆、洪亮，是这首夏日赞歌的开篇。

呱呱——呱呱——

池塘边，青蛙听到了蝈蝈的歌声，腆着白肚皮加入了歌唱大军。它们精神抖擞地蹲在荷叶上，像一个个大腹便便的绅士，唱响和声，为夏日赞歌奉上和声。

咕噜——咕噜——

鱼儿被这酣畅淋漓的歌声吸引，悄悄游到荷叶下静静聆听。月光下，水面上漾开了一圈又一圈的波光粼粼，那是"不解藏踪迹"的鱼儿们。

一曲终了，鱼儿们开始吐泡泡，为夏日赞歌的歌者点赞。

叽叽——喳喳——

换曲子的间隙，小鸟在电线杆上交头接耳。电线是五线谱，它们就是音符。位置一变，就是一首新的夏日赞歌。

知了——知了——

蝉鸣高亢而嘹亮，澄澈又绵长，盛满了潇洒、火热，磅礴的气势。总觉得那歌声，延长、延长、再延长，像起起落落的京剧唱腔一样，弯弯绕绕、起起落落，一波三折，一唱三叹。

轰隆——轰隆——

雷公公听到了它们铿锵有力的歌声，压抑不住心中的快乐，肆无忌惮地打起了架子鼓来凑热闹。敲敲打打，喜不自胜。

哗啦——哗啦——

大雨被雷公公吵醒了，唱着古老的歌谣如约而至。雨滴打在屋檐上，落在树叶上，然后又跌在如镜的水面上，溅起点点水花。那些水花欢快地跳跃着，像一个个跳动着的音符，嘈嘈切切错杂弹，大珠小珠落玉盘。

你静静听，夏天在唱歌！

夏叶已成帷

我走在晚风中，蓦然回首，一树浓荫映入眼帘。

夏日长，天色虽暮，光线仍然清朗。满树叶繁枝重，如同帷幕低垂，向外一层层漫溢着绿，深绿、肥厚，像一个丰腴又风情万种的少妇。此时的叶，披着一身亮生生的光，挨挨挤挤、层层叠叠、密密麻麻。叶绿得凝重，沉沉如盾，竟是一丝光也不透。于是，光只能从纵横交错的树叶间隙摔落，碎出一地斑驳的影。

细细碎碎的光，深浅不一的绿，将那一地斑驳衬托出几分旖旎。

张潮的《幽梦影》里有这样一句"楼上看山，城头看雪，灯前看月，舟中看霞，月下看美人，另是一番情趣"。石楼上看山，看得高；城头观雪，极目远望，白茫茫一片；灯前看月，灯光与月光相映成趣；舟中看霞光，水天一色，水映霞光，更见迷离；月下看美人，平添几分朦胧之美。

有些事物，必须在特定的时间和地点，才能看到它最美的样子。

耳畔时有微风过，像是与暮光捉迷藏。此时，晚霞微醺，天空中几朵淡淡的云氤氲出亮晶晶的粉色，像一顶张开的幔，一泻而下。亮粉、浓绿，如印象派画家的脑洞大开，强烈的视觉冲击下掩藏着澎湃的情绪。

天光收起，暮霭沉沉，深沉和静谧笼罩了一切。最后一点光落在枝丫上，叶的边缘染上了一绺暗红。寂寥升腾而起，像是谁在这汪天空中滴下了一滴墨，墨迹丝丝缕缕，缓慢地、均匀地扩散开去，沉静如涟漪散开。树与天空的边缘被浸润得有些朦胧，宛如一幅徐徐展开的水墨画卷，饱含着江南水乡的雅致和气韵。

风，吹深了夜。夜色如墨，树叶似帷，像是为一天的结束拉上帷幕，又像是为璀璨星辰拉开了序幕。

空气中弥漫着花的馥郁幽香，是栀子花。它随风摆动的姿态，化成夜的帷幕上生动、妖娆的影。它们摇曳、顾盼，俏生生的风情就随着香气一起发散开来。

低头，鼻腔盈满花香。

抬头，已是漫天繁星。

花，绚烂；叶，成帷。

夏天，已然是一副严阵以待的姿态！

五月等待石榴花开

院子里有一棵石榴树，是母亲在我幼时栽下的。

日子一晃就到了五月，往年这时候嫣红似火的石榴花已经开了满树，像是一树喷吐的火焰，肆意、招摇。今年这天气也不知怎么了，忽冷忽热，乍暖乍寒。石榴树似是睡着了一般悄然无声，毫无开花的动静。

母亲忍不住念叨："这老伙计今年倒是憋得住，这是生气去年花开得好，石榴结得多我没夸它呢。"

父亲打趣道："那你多夸夸它，保不齐你夸着夸着它一高兴，花儿就开了呢。"

本是一句戏言，母亲却当了真，每日得空了，就像煞有介事地拎了小马扎坐在树旁，低声细语地和石榴树说话。

父亲与我打电话说起这事，言语间满是无奈，最后和我说："你有空的时候回来一趟，也说说你妈，天天和树说话像什么样子。"我连声应下了。

依稀记得小时候推开窗，就是一片浓绿万枝点点红的繁盛景象。怒放的花儿藏在修长的枝条身后，是绿翳里忽闪的嫣红，似是含羞带怯，却总在不经意间突地跳出来，那抹浓郁的红艳艳，直接撞进你的眼眸，绚丽、热烈，摄人心魄。

有风悄悄路过，枝条儿震了一下，花儿随着轻轻颤动，像是一个毫不矫揉造作的纯朴少女迎着阳光伸了个懒腰，它不自知自己的美，肆无忌惮地伸展腰肢，不遮不掩自己那宝贵的纯粹与天真，惹得空气中满是旖旎风情。

石榴花开到盛处，那便真应了一个词——风情万种，像是老上海十里洋场里走出来的名媛，步步生莲，摇曳生姿。不同的角度看过去便生出了不同的美，日日看便日日有不同的美，时时看便有时时不同的美。

我常常蹲在树下捡被风吹落的石榴花，捧在掌心，像是一盏精巧的小灯笼，像是一个喜悦的小铃铛，像是一只快乐的小喇叭……我坚信每一朵石榴花里都住着一个花仙子，她们能听到我说话，然后实现我的愿望。

7岁那年，我悄悄对石榴花说，我不喜欢吃学校食堂的饭。

第二天中午，学校广播让我去传达室拿东西，是一份热腾腾的家常便饭。我想，一定是花仙子给我送来的。

10岁那年，我悄悄对石榴花说，我考试没有考好，试卷不敢拿给家长签字，我不想挨骂。

翌日起床，那张考砸了的试卷已经签好了名字放在我的床头。吃早饭时心惊胆战地观察着母亲的表情，哈哈，她不知道。一定是花仙子给我签的字。

15岁那年，我悄悄对石榴花说，我想要一个带密码锁的日记本，不然总有人偷看我的日记，想要知道我的小秘密。

这回，花仙子不仅给了我一本带密码锁的日记本，还给我留言了，问我为什么要改密码？

哼！你是花仙子难道还不能破译我的密码吗？

20岁那年，我悄悄对石榴花说，我喜欢隔壁班的一个男孩子，他穿白衬衫的样子迷人心窍。

这次花仙子可能睡着了，好些天都没有动静。倒是父亲连续穿了一个月的白衬衫，看得我有些审美疲劳。

25岁那年，我悄悄对石榴花说，我要跟他走了，可是我有好多舍不得，怎么办？

半夜，我看到母亲蹑手蹑脚地进了我的房间，在我床头放下一张银行卡，轻轻说了句："密码是你的生日。"然后转身关上门出去了，我在床上咬着嘴唇，眼泪满眶。

石榴花里住着花仙子，她看着我一点点长大，倾听着我也许可爱也许可笑也许可恨的诉求，尽力满足我大大小小的愿望——因为她是母亲！

郭沫若曾称石榴花是夏天的心脏，那母亲便是我们生命的心脏！

收拾行李回家前，我给母亲打电话，说："妈妈，你帮我和石榴花仙子说一声，我想吃很多很多好吃的。"

母亲毫不留情地啐了一口，道："赶紧回来，再不回来石榴花仙子就不等你了！"

挂上电话我笑了，眼眶却忍不住湿润了：只要母亲在，石榴花仙子就永远不会不等我……

夏食栀子馥郁香

一夜风雨，院子里的栀子花落了一地。

我随手捡了两朵拿回家，找了一只绿釉小花瓶插起。洁白的花瓣慵懒地垂着，边缘还有几丝嫩绿，显然是未开到盛极就已凋败。

因案头这两朵栀子，不消片刻，整个书房竟是香得扑鼻。怪不得汪老说："栀子花粗粗大大，又香得掸都掸不开……"，一个"掸"字用得妙极。

我贪心，沾染一身香气尚不满足，且想着向栀子"借香"。

宋人林洪在《山家清供》中记载了一种名为"薝蔔煎"（薝蔔即栀子花）的花馔。林洪有一次拜访好友刘漫塘，中午两人一起吃饭时，酒桌上端上来一盘芳香清爽的"薝蔔煎"。其做法便是把栀子花用热水烫一下，晾晒至微干，裹上甘草水调成的稀面糊，放在油中煎熟，品尝起来满口清芳。也可以直接清炒食用，清香爽口，是夏日的一道美食佳品。

明代《遵生八笺》中也记载了栀子花的另一种做法：采摘半开的花，用矾水焯过，再加入细葱丝、大小茴香、花椒、红曲、黄米饭一起研磨细碎，再拌上盐，放上半天，便可食用，风味独特。或者把栀子花用矾水焯过，直接用蜜煎煮，滋味也很是甜美。

同时，明代《群芳谱》中也有记载：大朵栀子花可用梅子酱或者蜂蜜浸渍，做成栀子羹或者蜜钱栀子。而在清代《养小录》中则是将栀子花做成饼后加盐煎食。

栀子花馔的食材，选用半开未开的花瓣最佳，口感最嫩。花朵在枝头悄然醒来，在舌尖这次绽放。

食罢栀子，再喝上一杯散发栀子香味的茶才是人间美事一桩。

栀子如茉莉，是可以用来窨茶的。

窨茶的工艺颇为繁复，常人不可得。先生浸淫茶圈多年，每年栀子花开的时节，倒是不介意撸起袖子亲自制作一份古法八窨栀子花茶予我。多是用白茶，凑近闻，茶香与栀子花的冷香相得益彰，谁也没有盖过谁去，令人灵台清明。

在古时，栀子，和鸳鸯、连理枝一样，代表着成了人们心中对美好爱情的期许。栀子花曾作为男女永结同心的信物，宋代词人赵彦端更是在《清平乐》中用栀子同心为我们写出了这样一个怦然心动的场景："与我同心栀子，报君百结丁香。"

想来，严肃如先生是羞于折花簪于我发间的。每年大费周章的栀子花茶，便是他不声不响的承诺——执子之手，与子偕老。

人世间的温暖不过如此，不需一言一语，只在这一花一茶间。朝朝暮暮，年年岁岁。

院中栀子花开，请君来食！

芒种是夏日的高潮迭起

五月的末梢，麦田褪去了浓绿，被浅黄缀满。麦子收起最后的锋芒，摇曳着成熟的丰韵。一枚一枚的日子，在季节交替中结了果。

作家苇岸这样写麦田："麦子是土地上最优美、最典雅、最令人动情的庄稼，麦田整整齐齐摆在辽阔的大地上，仿佛一块块耀眼的黄金。麦田是五月最宝贵的财富，大地蓄积的精华。风吹麦田，麦田摇荡，麦浪把幸福送到外面的村庄。"

此时，去田间地头走一走，入眼皆是繁忙景象。

人们忙着割麦，插秧。麦子已经归仓，地里还留着半截麦茬，麦子的芬芳夹杂着泥土的气息扑鼻而来，竟是感受到了几分大地咧嘴笑的欢欣。

那半截麦茬，倒让我想起了宋人虞似良在《横溪堂春晓》中写的芒种之景："一抱青秧趁手青，轻烟漠漠雨冥冥。东风染尽三千顷，白鹭飞来无处停。"收割之后，只剩麦茬，白鹭飞来，找不到栖身的落脚点。

麦子收割完之后是翻耕、灌溉、插秧。插秧的人们站成一排，秧苗排列得整整齐齐。

我站在田埂上看着——泥，有泥的憨厚；苗，有苗的绿油。稻秧，一个劲地葱茏着，金色麦浪一瞬间被碧波荡漾取而代之。每一根秧苗都是一个字符，行行秧苗有序的汇集在一起，就是一首诗，一首高潮迭起的夏日诗歌。那些埋首田间躬耕的身影就是散发着耀眼光芒的写诗人。

这时，草木更深了。院中的枇杷树结出金黄色的枇杷，晚蔷薇在屋外的篱笆墙上，开出最后的娇艳。石榴花开得明媚，既不那么浓烈，也不那么艳俗，透亮的橙红，明晃晃的耀人眼。池塘里，初荷长出了一片片新鲜的叶子，水珠在鲜嫩的荷叶上滚动，晶莹剔透。浮萍开出了红色的小花，漂浮在水面上，远远地一朵一朵开着，安静地开着……屋檐下，树影拉出很长。

　　这个时节，我想起了《红楼梦》。第二十七回中，大观园里的女孩儿们都在芒种日早早起来，用花瓣柳枝编成轿马，或者用绫锦纱罗叠成"干旄旌幢"，而且都要用五彩丝线系，在每一棵树、每一枝花上，都系得满满的。于是，"满园里绣带飘飘，花枝招展，更兼这些人打扮得桃羞杏让，燕妒莺惭，一时也道不尽"。这是古时民间的祭祀花神仪式，饯送花神归位，恭迎夏君，也是为了来年与百花再次相会。

　　芒种之时，收割、插秧。

　　芒种之日，送春、迎夏。

　　我想用暖暖的风织一段锦，把寻常的小日子揉碎，加入四季的雨雪风霜研成墨，将诗人裴多菲的诗落在这锦绣上——麦子成熟了，天天都很热。等到明天一早，我就去收割，我的爱情也成熟了，很热的是我的心，但愿你，亲爱的，就是收割我的人！

夏虫窃窃深处语

小院的夏季，万物葱茏。花开了，果子在灌浆，草木在疯长。于是，门前池塘边、窗下草丛里、屋后青苔间，有了夏虫的踪迹。

白日里，只有蝉的声音。蝉鸣是一阵一阵的，起初是零零星星的一两只蝉，一声、两声、三声……很快就分不清到底有多少只蝉在齐声鸣叫了。只是，声音脆亮，如潮水般汹涌而来，仿佛一张细细密密的网，将我网在其中。那蝉鸣，似在近前，又似在远处，难以捉摸。

树上的蝉就这样欢高歌一阵、低吟一阵，鸣一阵、歇息一阵，吵吵嚷嚷到日暮。此时的蝉鸣与白日里不同，声音里总是透着几分倦意，不再激昂澎湃，轻柔细腻了许多。

蝉鸣声弱，蛙鸣声起。蝉似是不服气，又竭尽全力鸣叫了起来，最终还是被蛙声压了下去。一时间，满耳都是蝉鸣蛙唱。

这是一场较量，也是一个信号。夏虫们三三两两的闻声而来，混杂其中。

蝉鸣。虫吟。蛙唱。

此起彼伏，一波接一波，一波未平一波又起，好像江河湖海的激潋波纹，在夜色中荡漾开来。

徐志摩在《再别康桥》中写道："但我不能放歌，悄悄是别离的笙箫；夏虫也为我沉默，沉默是今晚的康桥！"

年少时不懂徐志摩，此时想起这句诗，竟心有戚戚焉。彼时不懂诗中意，只认为作者是为了与上文的诸多物象及色彩斑斓编织的"热闹"形成鲜明的对比，故而收敛罢了。却是在此刻，四周寂然，我才真切地体会到"悄悄是离别的笙箫"，也领悟到"夏虫也为我沉默"一语中的蕴涵。

只是，寂静是一时的。少顷，虫鸣声又起。那声音由远而来，又由近及远：唧唧，吱吱，喳喳，啾啾，呱呱，咕咕……如波涛汹涌，鼓角相闻。

细听，是青蛙、是蛐蛐、是蝈蝈、是蚂蚱、是瓢虫……它们嘶嘶缠缠，嘤嘤绵绵，唧唧啾啾。

月光如水银匝地，夏虫在暗处私语，将此处的缱绻美景泄了密。

我熄了灯火，托腮坐在门槛上，看一地月色白，听夏虫窃窃语。树影婆娑不定，草影落落大方，闭上眼倾听——听虫鸣霏霏，听霏霏虫鸣！

秋至熬梨膏

从教多年落下个职业病——秋风一起，总觉得嗓子眼儿像是堵了根羽毛，上不去下不来的痒，时不时就要咳嗽几声。所以，每到这个时节，我不得不熬上一锅秋梨膏，缓解这股子燥邪。

如往年一样，随着秋风而来的，还有朋友从山东莱阳寄来的秋梨。山东莱阳的秋梨润肺效果是最好的。果实硕大，果肉质地细腻，汁水丰富香甜。

恰逢国庆假期，我撸起了袖子在家熬秋梨膏。

秋梨膏是以秋梨为主要原料，配以止咳、祛痰、生津、润肺药物熬制而成。传说唐武宗李炎患病，终日口干舌燥，心热气促，服了上百种药物均不见疗效，御医和满朝文武束手无策，正在人们焦虑不安之时，一名道士用梨、蜂蜜、及各种中草药配伍熬制的蜜膏治好了皇帝的病，从此，道士的妙方成了宫廷秘方，直到清朝流入民间。

小小一瓶秋梨膏，就得耗去十来个梨子，且过程中不能添加一滴水，不能有任何添加剂。这样熬了十个小时，才能得来既有梨子沙沙的质感，又保留着梨子清甜的香气与纯粹的秋梨膏。若咳嗽，便挖一勺兑温水冲服，不过两三日，咳嗽就不药而愈了。

我常常感慨天地万物之神奇。如《黄帝内经》讲："秋冬养阴"，人秋冬保健应以养肺为先。而此时秋季正当成熟，自然而然成为人们滋阴养肺蔬果的首选。亦如我国药典《本草从新》记载：梨，性甘寒微酸刀，具有"清心润肺，利大小肠，止咳消痰，清喉降火，除烦解渴，润燥消风，醒酒解毒。你看，大自然早已依据时令变化为我们备好所需要的食物。

今年熬制秋梨膏，特意用了口大锅，想着给朋友寄一些过去，自家熬制的，用料实在且安心，摆在家里备着也无妨。《诗经》有云：投我以木瓜，报之以琼琚。匪报也，永以为好也！投我以木桃，报之以琼瑶。匪报也，永以为好也！投我以木李，报之以琼玖。匪报也，永以为好也！

友赠我梨，我报友以膏，匪报也，永以为好也！

秋天里

岁月有脚，一步步快得惊人。

一夜西风凉，盛满了欢喜悲伤的夏被远远抛在身后，一身素衣的秋俏生生从晨雾中走来。晨雾静谧，地上有斑驳落叶，那是秋莲步轻移留下的诗行。

秋阳柔软，连带空气也是微凉中带着妥帖。它不似春日暖阳明媚，亦不似夏日骄阳热烈，它像一位成熟稳重的大家闺秀，温和柔软，不会让人感到料峭。在这个生命力逐渐消失的季节里，只有它默默地给予人们温暖和明澈。沐浴在秋阳下，喧闹不止的秋虫寻了一处角落打盹，果树喜滋滋地在枝头晒出了自己的收获，人们咧开了嘴迎接丰收的喜悦……秋阳，鲜明而干净，纯粹中的大气之美！

秋风有影，昏鸦是它的影，落叶是它的影，丹桂、雏菊、红枫……都是它的影。昏鸦从天空飞过，在天空留下几声嘶哑的鸣叫，在天空留下一道弧影。层林尽染，枫林落红，花含情，叶含笑。只是，又是谁在这秋风里挥毫泼墨，笔尖上蘸满了过去的风风雨雨，写下了这一季的酸甜苦辣？菊花的暗香盈满袖，在"缺月挂疏桐"之时，在"漏断人初静"之刻，叹一声秋风凉起，寒鸦拣尽枝头不肯栖。

我在翩翩落叶中采了一束秋风，赠予你——愿你找回"人生如梦，一尊还酹江月"的豪情！

秋水无痕。一束温软的光滑进小河，静静地流淌。它聆听黄叶在凡尘中的小小心事，它拥抱辗转飘零落在水面的繁花。它安静、委婉，不同于春日里的蓬勃，不同于冬日里的冷清，柔美安静，波澜不惊才是它的标签。有一副楹联是这么写的"春风大雅能容物，秋水文章不染尘"，秋水，能让人开悟，洗去心间的污垢和尘土。

秋雨绵绵，像雾像风，有些仓促，又有些缠绵。雨点打在窗棂上，一声声叩响心门，满腔山高水远的思念难以抑制，难以描摹的心绪只能化成字里行间的脉脉柔情。雨点在树叶上滑落，叶子擦去满身尘土，身上的脉络又清晰了起来。雨点落在地上，枯黄的草停止了成长，开始积蓄过冬的力量。待到春暖花开时，它们又将翠染这一方土地。

凉意重重，秋风瑟瑟，我站在秋天里，踩着时光慢慢走……

篱边菊

居田园，秋到了深处，门外也只剩下清风、篱笆、野菊花了。此时的清风，带着冬天的寒意，带着几分不留情的凛冽，不是好相与的。几根细竹，疏疏地围出几畦地。从春到秋，翠绿到苍白，细竹走完了一生，自此，只是一截篱笆而已。牵牛花在上面攀爬过，枝蔓伸展到哪里，花儿就开到哪里。小鸟啁啁啾啾站在上面，啄啄羽毛，小憩片刻。

篱笆，是屏风。外头，是喧嚣和骚动；里头，是安逸和静谧。

这方天地，野菊花是个例外。它枝小花微，乍一看，甚至有些瘦骨伶仃，却在一片清冷中洒洒脱脱地开放了。这种灿烂得、热烈得让人晃眼的黄色，让人忍不住想起了梵高笔下的金黄，那是一种带点神经质的浓烈色彩。它似乎与这个肃杀的季节格格不入，却又恰恰只存在这个时节。

黄叶落了满地，连空气都是枯瘦的，独独野菊花肥美如蟹黄，开得饱满、肆意。它在这个万物都显疲倦的深秋里，兀自兴奋着。野菊没开花的时候就是一丛野草，一旦开放，漫山遍野。

篱笆边，野菊开得密密匝匝，灿灿然然。据《本草纲目》记载：野菊，性甘、味寒，具有散风热、平肝明目之功效。南宋诗人陆游，他在《剑南诗稿》中写道："余年二十时，尚作菊枕诗。采菊缝枕囊，余香满室生。"又在《偶复采菊缝枕囊凄然有感》写："采得黄花作枕囊，曲屏深幌閟幽香；唤回四十三年梦，灯暗无人说断肠。"到了晚年，陆游又写"头风便菊枕，足痹倚藜床"。若说喜爱"收菊作枕"，陆游当排首位。

迎着秋风，我拎着小竹篮去摘野菊，不多时就能摘满一篮。院子空地阴凉处架了大大的竹匾，野菊铺平其上，晾晒。待晒干，装入枕头，梦里也是阵阵透着苦味的香气。

我埋首摘菊、晒菊，没有陶翁"采菊东篱下，悠然见南山"的韵味，只是满目金黄，不禁想起了那句"满城尽带黄金甲"。是啊，"待到秋来九月八，我花开后百花杀"——等到过了重阳节，菊花开了，别的花便凋了。

重阳已过，篱笆下，野菊透寒香，纤纤细枝，叶叶相依，几经霜寒不落，枝头抱香死。

深秋分割线

秋往深处，是静默的。

雀鸟不知何时已经离去，翅膀的扑腾声仿佛就在昨日，又好像是在前日。一如它来时，是今天，抑或是昨天。总是这么悄无声息。

那小小的一方荷塘里，不复挤挤攮攮。荷花已谢，独独剩了几株荷梗如不甘心又无可奈何的垂垂老者耷拉着脑袋站立其中，荷叶早已斑驳。眼前，只是残枝败叶，横斜了一塘。

此时，塘中的水也静，沉沉的静。风瑟瑟，吹落枝头黄叶，水波微微漾，随即又水平如镜，无痕。它波澜不惊地拥抱辗转飘零落在水面的叶，安静、委婉。只是，指尖的寒意惊醒了我——秋水凉薄不染尘。

塘边的柿子树挂了果，有的青，有的红，错落了一树。对岸，稻田里那些身着金黄的舞者抵不过镰刀，前仆后继地倒了下去。田间，只剩下一垄垄稻茬，像一只只蜷曲不动的刺猬。

渐次深红的枫树静默不动，层林尽染，如霞似锦。只是枫叶上滚动着的晶莹闪烁透着寒气，似乎在说"寒露寒露，遍地冷露"。

《月令七十二候集解》说：九月节，露气寒冷，将凝结也。

《列子·汤问》说：凉是冷之始，寒是冷之极。

寒露好似一条分割线，分割了喧闹与静默，分割了凉和冷。

至此，草木荣华滋硕皆成往事，旷野便只剩下一个"旷"字，荒凉得一穷二白，再无野趣。重而稠的露气，渐渐幽晦的白日，天寒夜长、风气萧索。

风，辛勤地从原野的这头打扫到那头，又从那头打扫到这头，总算是封住了秋虫的口，抹去了如断如续的唧唧切切声。

　　我倚靠着稻垛，抬头看云。云，层层叠叠的一片，倒像是一朵朵锦花在空中盛开，蔚为壮观。

　　——寒露至，原野瘦了，云胖了。

雪落山头草木知

那场雪落下来的时候是早上。

我在书房读书，被扑簌簌的细微声响打扰，推开窗——山的轮廓模模糊糊，只能用自己的想象去填充，成了留白。

今冬苦寒，据说是近年来最寒冷的一季。此时，才深觉在家煮茶、读书实在是成了一件赏心乐事。书房温暖而明亮，煎水、瀹茶、饮茶，好不快哉！只是心下一动，蓦然想起了日本歌人藤原家隆的一首和歌："莫等春风来，莫等春花开。雪间有春草，携君山里找。"这首和歌很受茶道宗匠千利休居士赞赏，认为最能传达茶人冬日饮茶时的愉悦心情——轻啜一口茶汤，感觉春天就在舌尖，那是春天最为真切的滋味。

我想去山间找一找，找找看寒冬白雪覆盖下深藏着的炽热生命！

气候冷肃。山道上已经有了薄薄的积雪，有些地方结了薄冰，一不留神踩上去就有一种悦耳的脆响。此时，山林里大部分植物的枝叶都已凋谢殆尽，只是山洼里仍有大片松树林还在默默坚守着，一片倔强的厚重的绿意。

大概是没有了树木的遮掩，山就遮掩裸露在了我的面前，像一个孤独的孩子，瑟瑟地站在雪地里。上山的小径一如即往地蜿蜒，雪地里有几行浅淡的痕迹，许是野鸡野兔已早我一步到访。

山间的小溪不再汩汩，大大小小的石块上残雪堆积。溪水冲刷出几条细若丝线的水路，时断时续地流淌，像是有气无力地挣扎，抑或是随遇而安的闲淡。此刻，已是正午，阳光晴朗。亮丽的阳光漫过来，我便真真切切呼吸到了山林间清冷的气息。

再往上行，雪便积得厚一些了。一些竹子依然苍翠，却没有了冲天而去的凌厉气势，柔柔无力地弓着腰，像是侠客到了暮年，无端就想起了陆游的诗句"壮心未与年俱老，死去犹能作鬼雄"。壮心仍在，只是岁月这把无处安放的刀，未曾放过万物。

阳光渐渐隐匿，抬眼看去，远山似乎是蜷曲在积雪里，苍苍莽莽，大约是在酝酿一场冬雪呢。

我转身下山，不意外，又与那大片松树林相逢。虽然上一刻才见过，但在这白色苍茫中，再见这一片浓墨重彩的绿，竟有几分他乡遇故知的感慨——那是春天的序章吧！

一路上，山林静谧、安详，只有雪扑簌簌落下的声音与我的脚步声交织，倒显得我有些匆匆了。在山脚站定，回望，雪上已经没有了我行过的痕迹。山，已被白茫笼罩，只余那几处苍绿。

雪落山头，草木知。

第二辑　暖暖烟火气，人间不寂寥

跟踪一只蜗牛

雨后，窗台上有一只蜗牛在慢慢爬。我刚完成一本长篇小说的写作，颇有闲暇，便泡了一壶茶饶有兴致看着它一点一寸地前进。

这应该是一只成年蜗牛，壳泛黄，蒙了一层淡淡的黑色，感觉十分坚硬。它爬得十分缓慢，我慢悠悠喝完一壶茶，它也不过前进了寸许。我就这样喝着茶，眼神跟踪着它——傍晚时，它竟已经爬到了窗玻璃的最上端。

这只虽然慢，但不断在向上爬的蜗牛让我想起了一个学生，我一直亲切地叫他"小蜗牛"。

他与蜗牛的共同点是慢，写字慢、读课文慢、思维反应慢，连走路都慢。一年级时，我对他束手无策，心里巴不得他顽皮一次，我也好趁机训斥他几句。只是他性子极静，每日都是乖乖巧巧的模样，从不调皮捣蛋。

他妈妈非常焦虑，时常与我说："老师，他这总是跟不上也不行啊。他不好好学你就罚他，你对他凶一些。"

我叹了口气，说："你的心情我很理解，说实话，我的内心也非常着急。只是，我想我们都需要明白，并不是每个孩子都是一朵花，有的孩子是一棵树。花，到了时节就开了。树，是需要一段时间生长的。"这听起来有点像自我安慰，却是我内心最真实的想法。我想：他需要时间，需要我们给他时间去适应、去成长。

每一堂课，他认认真真地听。

每一个字，他认认真真地写。

每一天，他都在认认真真地学习。

后来，我买了一本龙应台的《孩子，你慢慢来》送给了他妈妈。我在扉页写：育儿，是一门慢艺术。养育孩子就好像种地一样，种地不能揠苗助长，每个孩子都有自己的成长周期，我们不应该催促、逼迫。催促和逼迫，很大可能会毁掉一个孩子的成长根基。

不知是我的劝诫起了作用，还是慈母心态占了上风，他妈妈总算是敛住了内心的焦虑情绪，耐心地等待小蜗牛的"花期"。

如今，一晃几年过去了。小蜗牛成绩优异，性子依然安静、乖巧。若有人提起他一年级时不及格的糗事，他也是不急不躁地说一句："就慢慢学嘛，总能学会的。"

是呀，就慢慢学嘛，总能学会的。

儿童心理学之父皮亚杰有一个理论：人对于时间知觉只有在大脑的推理能力发展到一定程度才会出现。他曾说过 8 岁以前的孩子几乎没法对时间做很好的估算，因此他极力反对过早逼孩子去认识时间。

很多时候，我们都应该停下来等一等。

我在书房耗了一下午的时光，跟踪了一只蜗牛。

煮一个完美的蛋

日本那部由漫画改编成的电视剧《深夜食堂》，即使已经看了很多遍，我依然愿意看下一遍。

摇晃的镜头里是日本的繁华夜景，然后慢慢静下来，转到深巷一家小小的食店：午夜的新宿小巷中，时间在老挂钟上都变得缓慢，慢得似乎把人生都抻长，让貌似平凡的食客，把人生的异香在热气中缓缓散开。在夜色的掩护下，白日的浮躁与伪装渐渐褪去，一个脸上有疤的厨师给各种浪迹天涯的人在深夜做饭。每一集都像一段淡淡的散文，那是缱绻在深夜阴冷里的温情。

我曾在深夜跑出去吃羊肉串、关东煮、兰州拉面、蛋炒饭、寿司、水饺、羊肉汤……可我始终没有找到一家美妙的深夜食堂——你可以和老板推心置腹，可以和周围的食客分享自己的快乐与愤怒，甚至还可以遇到足以改变你人生的贵人。然，现实并非如此，生活其实很简单，也很冷漠，我们坐下来吃饭，更多时候是你吃你喜欢的菜，我喝我喜欢的酒，各自有各自的生活，仅此而已。

后来，我深夜不再出去吃东西，更愿意在家自己做一些食物。《深夜食堂》其中有一集讲如何不放一滴油把鸡蛋烧做的松嫩，我试着做了一下，确实松嫩。受了这部剧的影响，很多个深夜里，我习惯给自己加一个蛋。有时炒、有时煎、有时炖、有时煮……蛋，在我心中是一种属于深夜的味道。

——煮一个完美的鸡蛋。

这是蔡澜曾经给一位法国米其林三星厨师的难题，也是我给自己留的深夜作业。

法国厨师认为满足食客的个人喜好就是完美。所以，鸡蛋几成熟，放多少盐，他全权交给了食客。

而我，出题人是我，食客也是我，仿佛是一个死循环，此题无解。

日本著名舞台设计家妹尾河童在《河童旅行素描本》中提及了京都的一家怀石料理老店里的白水煮蛋。他说鸡蛋若是太新鲜，蛋白会粘在薄膜上剥不下来，所以白水煮蛋选用放了四天到一周的鸡蛋是最合适的，然后急速加热再急速冷却。这样做好的蛋，蛋白凝固，蛋黄却是软黏的，最是完美！

只是，这蛋要煮多长时间，妹尾河童却没有细说，只说多尝试。"多尝试"这三个字，在我眼中和菜谱上的"少许"二字并无什么差别。我尝试了多次，无果，也就放弃了。毕竟，在这深夜，我想从食物中获取的不是完美，而是一些慰藉，让食物温暖自己匮乏的内心，好好修复被街灯和夜色拥抱着的疲惫。

深夜，你若觉得还有一件事没有做，就去给自己煮点食物吧。我选择煮一个蛋，一个不完美，但是能给我力量和温暖的蛋！

秋夜小院诗酒花

傍晚时分，友人提了一竹笼的蟹来探我。恰逢院子里那一片菊花开得正好，索性将蟹煮了，小桌子抬到院子里，赏花、食蟹，倒也风雅。

蔡澜在《蟹颂》里写道："那么古怪的动物，不知道是哪个人最先鼓起勇气去试。今人的话，应该授他诺贝尔奖。螃蟹真是好吃。"

友人好蟹，好到什么程度呢？前年投资了个蟹池子，池子不大，却也是所费甚多。秋风一起，池子里的蟹按捺不住就争先恐后往岸上爬，自家精心养着的蟹，只只膏丰体肥，他是一只也不肯卖给旁人，只管着他和我们这一群朋友的嘴。

螃蟹性寒，吃蟹须得配热酒。《红楼梦》中螃蟹宴一开始，王熙凤便吆喝开了："把酒烫的滚热的拿来。"

我有一个小火炉，是年幼时候的旧物。搬家的时候家人觉得无用处就扔了，我又去垃圾桶里捡了回来。扔了三次，我捡了三次。算是留下了。此时，小火炉就派上了大用场。生好火，拎到一旁，炉上烫一壶黄酒，别有韵致！

这酒是我亲手酿的，祖传的营生手艺，传到我这里已经成了闲来无事时候的消遣。桃花酒、菊花酒、青梅酒……酿了许多，只是我小气，平日里是坚决不肯拿出来的。

醇香味浓，酒热。

友人一只蟹已下肚，一手接了我递过去的酒杯，一手指着墙根边儿那片晚风中摇曳的菊花，脸上满是嫌弃："你就不能好好种几朵好看的菊花？"

我挑眉，"多好看呀。"

菊，是野菊。我也不知道它什么时候长出来的，似乎就是乍然之间，墙根下就有了这一片菊花，开得极旺。

酒过三巡，夜色中升腾起凉意，我打算揪几朵野菊去煮水洗手。这野菊水，洗一手蟹味是最好的了。没想到友人拉住我，指着那残月如钩嚷嚷着就要赋诗一首，"这吃蟹啊，就要蟹肥、菊美、酒陈，虽然今天菊花平常了些，但我还是诗兴大发啊。"说罢，不等我出言制止，已经摆出了诗仙李白的架势，"好吃还属螃蟹肉，就是菊花有点丑。一壶黄酒不太够，回家不能空着兜。"

得，为了讨我一壶酒，还押上韵了。

俗话说，拿人手短，吃人嘴软。我手上还沾着蟹腥味儿，倒不好拒绝友人的要求，只能忍痛割爱舍出去一壶酒。

友人提溜着酒，志得意满，尽兴而归。

我关门的时候瞥见了那片野菊，总觉得它更像方才的蟹黄。

一碗面的学问

　　那家面馆，若不是熟客，只怕是不会多看一眼。

　　我常常在门前经过，却是今天才走了进去——友人告诉我，那是她父母经营了多年的面馆。我去时已经过了饭点，但依然有许多稀里呼噜吃面的客人，手脚利落的服务员忙着翻台——除此之外，与我往日所见面馆，别无二致。

　　友人的好相貌是朋友圈公认的，此时见了她母亲，才懂得女人更深层次的美果然是要经历了岁月的磨砺才会展现。友人站在她母亲身旁，往日里鲜嫩得可以掐出水来的美貌就不够看了，就像是小茉莉开在了牡丹旁，依然有清香，却黯淡无光。

　　我胡思乱想了片刻，一碗热气腾腾的面已经好了。青花纹的大海碗，红汤，面条整齐码在其中，像美人头上才梳拢好的发髻，一根不乱。

　　老板娘的声音清脆爽朗："陆老师加点什么浇头啊？"她手握大勺，时刻准备着对面前那一排散发着香气的浇头下手。

　　无须大脑下达指令，我的手指已经有了条件反射——

　　嗯，肥肠得来点儿，你看这个肥肠，诱人！

　　嗯，豆芽得来点儿，你看这个豆芽，诱人！

　　嗯，雪菜肉丝得来点儿，不用看了，诱人！

　　满满当当一碗面，捧着就觉得开心极了。

　　梁实秋先生曾说："其实面条本身无味，全凭调配得宜。"一碗面，看似平平无奇，却是需要极厚的内功。如果不是友人，我大概是没有缘分吃上这一口绝佳的无锡老味道的。

面条入口后的新鲜感让我多日闭门不出的郁闷一扫而空。

是的，新鲜感！面条的制作离不开碱，碱大碱小，面条的口感相差甚远。这一口面条，恰到好处。

汤料也调得好，友人说是她爸爸试验了一年多才确定下来的独门秘方。

友人知我嗜辣，建议我试一试桌上的辣酱，那是她妈妈亲自熬煮的。我这人挑嘴，总觉得老干妈差了点味儿，沙县小吃的辣酱太咸，辣酱里带了麻椒的又不行。拿筷子沾了一些舔了一舔，直白、酣畅的辣味直击心脏——确认过味道，是我喜欢的辣酱。

"一碗好吃的面，需要口感上佳的面条、叔叔的秘制汤料、阿姨的辣酱。"扎扎实实一碗面，我吃得肚子溜圆。

友人笑着说："我爸说了，对水的把握很重要，如果水多了，面条口感就淡了；如果水多了，面条就黏在一起了。我爸下的每一碗面，吃完后基本上汤和原来一样，就是通过对水量的控制抓住了面条的最好的口感。"

我忍不住竖起大拇指——小小一碗面，满满都是学问。

不过，阿姨却是笑了："最重要的是要用心。凡事啊，就怕不用心。"

俗话说，世上无难事，只怕有心人。凡事若是肯用心，哪里还会觉得难？就好像这一碗面一样，因为做的人用了心，吃的人便觉得开心极了。

世间之事，无不如此。

世界之事，皆当用心！

见字如晤

不期而然，收到一封信，一封手写的信件。

黄色的、邮局统一规格的信封，邮票上的邮戳告诉我它从山西来。不厚，躺在我掌心，却觉得沉甸甸的。

多久、多久没有收到手写的信件了？

上一次收到手写信件依稀还在六年前，朋友在出国前寄了张明信片给我，"不思量，自难忘"六个字写得丑极了，笔画迟钝拖沓。都说字如其人，我看着这字，字背后的人影突然失去了往日模样，逐渐模糊。

木心在诗里写：从前的日色变得慢，车，马，邮件都慢，一生只够爱一个人。从前的锁也好看，钥匙精美有样子，你锁了，人家就懂了。

明信片只是普通的明信片，只是有了那一句诗，我也便懂了。

书上说，我们是历史的影子，历史又是时间的影子。既如此，影影绰绰，模糊了那便模糊了吧……

直到收到这封信，那个模糊的人影在记忆深处翻了个身，有什么东西鲜活了几分，却又似乎一成不变。

拆了信，读完，总觉得内心不平静，应该说点什么。

信是艳写来的。我在报纸上发表了一些文章，也结交了一些的文友，艳便是其中之一。我们一起读诗词经典，也一起聊家长里短，志趣相投。

前些时候，她问我要了地址，说要给我一份惊喜。而后，我收到了这样一封信。我想，她是懂我的。

廖一梅在《柔软》中写："在我们的一生中，遇见爱，遇见性，都不稀罕，稀罕的是遇到了解。"了解即懂，懂不仅是爱情里的最高级，也是友情里的最高级。懂了，才能互相体谅，彼此尊重。这友情，才能往深处走去。

在邮局寄信的时候工作人员一脸惊异，问她为什么不发微信、邮件，或者快递？她微笑着没有说话，只是固执地给我寄了一封信。字里行间写满了对我的喜欢。

我在等一份"慢"，她便给了我这份"慢"。这就是懂。

其实，我们在红尘里跋山涉水，最想要抵达的并不是远方，而是内心最初出发的地方。

我知道，记忆中逐渐鲜活的是少年时期的热血与情义：大家诚诚恳恳，说一句，是一句。你说喜欢我，那便是非常喜欢我了。

你说：见字如晤。

我答：展信舒颜。

浊酒一杯敬生活

近日身体抱恙，我谨遵医嘱休息，友人来探病，还未坐定，倒是先絮絮叨叨开始吐槽：从孩子每天写作业拖拖拉拉到错过了水果店会员卡兑换，从婆婆做菜有点咸到楼市价格直线上涨……趁她喝水的间隙，我即刻见缝插针提出了一个问题："谁的生活不是一地鸡毛呢？"

她愣了片刻，理直气壮地道："你呀。"还加上一句，"每次我觉得日子难过的时候，想到你，我就更觉得过不下去了。"

这个答案让我实在惊异。我的生活何尝不是一地鸡毛？人至中年，上有老下有小，谁也不比谁容易，各有各的艰难。生活不曾饶过她，难道饶过我了吗？没有！

在孩子的教育问题上，我们家何尝不是爆发过多次战争？在没有硝烟的战场上，我与先生对阵，与公婆交锋，浴血奋战多年终于一统江湖，本以为可以松一口气，没想到真正的战役才拉开序幕——儿子才是终极大魔王。哪一天不是斗智斗勇？衣食住行、身心健康、人生态度……哪一样不要老母亲操心？

两年前的楼市价格就让我咋舌不已，望而却步，买房的心早就化为灰烬了。我不过是一个普通人，看看房价，再看看自己银行卡上的数字，难免深深惭愧，身而为人，努力活了三四十年，甚至买不起一个洗手间。只是转念一想，虽然我和买房自由还存在着按光年计算的距离，但我已有一个小小的容身之所，难道不该知足常乐吗？

而婆媳这个千古难题……不提也罢。

友人听完，也是一脸惊异——她大概没有想过，她家那一地鸡毛，我家一根不缺。

"这些事情，是大部分家庭都会经历的事情。我不爱去说那些事情，并不代表这些事情不存在。我的态度从来都是有问题就去解决问题，任何问题都有解决方法。时间从未停止，生活总要继续。"我深吸一口气，笑着说，"为人妻，为人母，想把日子过好，谁不是一睁开眼睛就忙得昏天黑地？忙碌的时候，我就默默安慰自己，忙起来才没有辜负早上化的妆、中午吃的饭、晚上刷的碗……不管如何，生活都是日复一日，我们要学会在平淡无趣中寻找乐趣。"

沉默了一会儿，友人哂然："原以为你会给我来一碗当归枸杞人生乌鸡汤，没想到你直接给我上来一壶酒，希望我醉意人生啊！"

人生多不易，不如取浊酒一壶，一杯敬往昔，一杯敬余生，一杯敬远方，一杯敬自己！

养猫糗事

我有一只猫，英短猫，圆胖圆胖的。

友人将它送给我的时候，才两个月大，只有我的手掌大。将它放在地上，它也不乱跑，围着我的脚走了两圈，扒着我的裤子就一路往上爬，最后安静地蹲在我的肩头。那一刻，我有些恍然：难道我是一个猫爬架？

这是我第一次养猫，手足无措之余，暗自庆幸它除了喜欢把我当猫爬架爬着玩，一人一猫相处十分融洽。

我曾买过一个围栏试图"监禁"它。我每天出门的时候把它放在围栏里，它在围栏里偏着小脑袋依依不舍地看着我换鞋、锁门。有一日，我关门后才想起来自己有份文件忘记拿了，又打开门——它听到门声看向门口，眼睛瞪得圆溜溜的，有惊恐，有无辜。我看着它前爪抱住了围栏的栏杆，后爪蹬在地上。它已经跑出来了。

"你在干什么？"我脱口而出。

下一个瞬间，它四爪并用，"蹭蹭蹭"又爬回了围栏里面，乖乖巧巧地蹲着，还谄媚地对我叫了几声。我将这件事说给友人听，友人爆笑："围栏只能拦住狗，那是猫啊，猫会爬，困住猫需要笼子。"

我当即宣布要把围栏撤走，友人兴冲冲来围观这只很会"见风使舵"的猫。我在一旁哼哧哼哧地拆围栏，友人在一旁逗猫。没多久，就听见友人的欢呼："天哪！你的猫真的太棒了！"我看着友人一阵风冲到我面前，"怎么了？"我每天出门都把它放在围栏里，回家的时候它也在围栏里，要不是偶然发现它爬进爬出的动作熟练敏捷，我还蒙在鼓里呢。它都聪明成这样了，我还有什么好惊讶的？所以，我很淡定。

"它会和我握手！"说着，友人对着它晃了晃手里的果冻，开始下指令，"来，握手。握手给你果冻。"

然后，我看到我的猫伸出粉粉的肉垫，在友人的手掌上轻轻地碰了一下。

看着它趴在地上，眯着眼睛舔果冻时美滋滋的模样，我忍不住捂住眼睛——为了吃，你也是豁出去了，明明是一只猫，苏醒的天赋技能居然是一个狗的技能？

为了吃，它不仅豁得出去，还可以六亲不认。

我每次喂食，它都会很雀跃地奔向食盆，然后吃几口就看我几眼，最后把食盆拥在怀里，开始狠狠地瞪着我。因此，每次喂食后，我们都会吵架："怎么？我还能抢你的吃的吗？"话落，只见它把食盆拥得更紧一些了。

我真是气不打一处来："那是我放在你盆里的，本来就是我的，连你都是我的。"

它偏了头，似乎是在思考这话的真实性。最终，它一脸埋进食盆，吃得不亦乐乎。

我向友人抱怨："别人家的猫风情万种，黏人，像个柔软的小公主。我的猫除了吃还是吃，不撒娇不黏人，哪里像只猫？"

友人笑得前仰后合，说："谁养的孩子像谁，谁养的猫自然也是随了谁。"

是的，它应当是随了我，不撒娇不黏人，唯独对吃欲罢不能。

柴米油盐慰人心

现在的人似乎都很忙,工作忙,学习忙,生活忙……一人忙起来,活得就很将就。早晨起床,嘴里叼片吐司就能出门;中午在公司点个外卖,品类繁多,省时便捷;晚上下班,累了一天,更不愿意将时间消耗在菜场、厨房,只想往床上一趴,静静地玩会儿手机。

你是不是这样?反正我是这样的。日复一日,生活日渐无趣,从彩色变成了黑白。每天做什么事情都提不起劲,用一个字形容,就是——丧!

直到友人给我打电话,问我为什么朋友圈许久没有更新过动态?我喋喋不休:"没什么好发的啊,每天都是上班、下班,早高峰、晚高峰一个不落,回家收拾一下屋子就晚上了……"友人打断了我杂乱无章的叨叨,问道:"生活是自己的,你为什么不能好好生活呢?"

是啊,为什么不好好生活呢?俗话说,民以食为天。好好生活,就从"食"开始。

我的厨房可谓"年久失修",光是将锅碗瓢盆、油盐酱醋置办齐就费了不少工夫。下载了几个专门教人做菜的 APP,我便信心满满地倒腾开了。可乐鸡翅,号称傻子都会做的菜,果然容易上手,色泽诱人,香味扑鼻;排骨冬瓜汤熬了许久,鼻端都是食物美妙的气息;又炒了一个青菜,营养均衡。简简单单两菜一汤,精心摆盘,拍照,发朋友圈。点赞者众。

友人留言:这样的热气腾腾,才是生活啊!

饭菜特意多做了一些,用便当盒装了放到冰箱里,第二天上班带着,微波炉热一热就是一顿丰富的午餐。果然，我一打开盖子，就有同事闻香而来，嘴里念叨着："我闻到了家的味道，是谁？自己站出来，让我尝一口。"

做饭其实是一件挺烦琐的事情。要准备食材，然后沾染一身油烟味，事后又要洗碗刷锅擦洗厨房。但在厨房待得愈久，愈觉得做饭是一件极其美好的事情。菠萝和干炸里脊，在糖醋酱汁的撮合下在一起了，西红柿遇见了鸡蛋，青椒等来了土豆丝，茄子和肉末穿过人海在此相逢……你看，厨房里正在发生的一切都美得妙不可言。我是这一切美好的始作俑者。

美好的除了厨房，还有我的生活。下班逛起了菜市场，走入了人群，才觉得人生本该是这样熙熙攘攘、热热闹闹的。中午不用再纠结"吃什么"这个世纪难题，打开自己的便当，全是爱吃的美食。朋友圈的更新满是烟火气，远方的好友知道我的近况，聊天时也多了话题。

你看呀，红尘俗世的好日子，都是从烟火中熏出来的。酸甜苦辣咸酥麻，煎炒煮炸焖炖焗，生活原该如此百味杂陈，齿颊留香。

人间烟火气，最抚凡人心。我在厨房，收藏点点滴滴的生活小美好。

把悲伤留给太平洋

飞机在太平洋上空盘旋的时候，我从梦中醒来，转头问身侧的好友袁："到了？"

"快了。"她答。

而后是长久的沉默。

落地，入境，出关。

飞机，火车，汽车。

我们从关西机场去往和歌山县白滨町的过程尤其顺利，一路上阳光慵慵懒懒，矮房子、遛狗的人，安逸祥和，一切都是恰恰好。初抵白滨町，尚有些茫然，左顾右盼之时，太平洋的风就这样吹来了，夹杂着轻轻浅浅的腥气，却是异常新鲜。

酒店在太平洋边上，特色是露天温泉。

我与袁去泡温泉时已是夜晚。露天温泉使用的是上百年期间曾用来腌制和歌山南纪名产的"梅干"的"Hon-ma-mon"，这在和歌山方言中是"真货"的意思。这样的巨大木桶，又称为梅樽。梅樽"咕噜咕噜"冒着泡，热气腾腾，淡淡的、迷蒙的烟尚来不及妖娆就被太平洋的风吹散了。此时的太平洋，黑中透着蓝，蓝里掺着黑，只有几颗星星闪闪烁烁。

顶上悬着灯，昏黄的灯光在夜色中愈发柔和，我们安静地倾听太平洋诉说它的故事。它大约是憋久了，由钟吕之声起，从低吟到高歌，从基因到泛音，从五声到十二律，从海底到我心里……一刹那的缝隙里，我听到了深海处的暗涌，模糊的呢喃，像吞噬又像呓语。

房间的落地窗外就是太平洋。天色微亮时，晨曦中的海在模糊中泛着粼粼波光，我就这样懒洋洋地躺在床上，看着天一点点变亮，远处白帆点点，天与海一样碧蓝的没有尽头。日光缓缓铺满海面，犹如把海拥入怀中，这种温暖的感觉，真好。

酒店有观景台，顺着楼梯向下，可以到达海底。只有这时，你才真正走近了这片海。海里暗藏着石礁，妖娆的海草随着浪涌撩拨着"过客"，鱼儿们就在你眼前嬉戏……你和我，人海相逢，情绪大致相仿。我与鱼，海底相遇，我目光灼灼盯着它，它却只是轻描淡写看了我一眼，而后尾巴一甩，走了。

彼时，我常常莫名陷入情绪低谷，整夜整夜睡不着觉，大把大把掉头发，整个人恍若在一个泥沼中沉沉往下。

"我们去日本转转吧。"袁说这话的时候，刚从洗手间洗完手出来，手上还带着小水珠，语气漫不经心。

我想了想，说道："那我们去看看太平洋吧。"

和歌山县地处南部，位于日本最大的半岛纪伊半岛上，这里有日本屈指可数的温泉乡——白滨町。我来时，没有樱花、没有白雪、没有烟花大会，只有樱花图案的浴衣、走路嗒嗒嗒的木屐，还有无边的太平洋。

鱼儿游走了，驮着我的悲伤游入了深海。我想，它会将我的悲伤藏匿在海深处，暗流涌动，涌动，海底多了一道疤。

剥离悲伤，宛如新生。

我站在岸边，听海浪撞击岩石的声音，终于心安。

撕与嘶

新居落成，我与楼上楼下的新邻居们打好招呼，霸占了电梯指挥着工人们进进出出地搬家具。好不容易折腾完，我准备关门休息一下，邻居家的门开了，一名五十来岁的阿姨喊住我："姑娘，我问你点事，可以吗？"她穿着黑色套头毛衣、牛仔喇叭裤，这么复古的打扮，乍一看像一个走在时尚前沿的人。只是，毛衣细看起来硬邦邦的，应该反复洗涤了无数遍。牛仔喇叭裤还是我小时候流行的款式，确实年代久远。

"什么事？"我问。

她似乎有些不好意思，扭捏了半天，在我的耐心消失殆尽前终于开口："你请那些人搬家得花不少钱吧？以后再有啥重活，你可以找我，我和我家老头子就能干。我们可以便宜点。"

"谢谢你的好意，我的东西今天就搬完了。"

"喔、喔，好的……我、我、我就那么一说。"她有些尴尬。

我对她笑了笑，关上门。

再次见面是一周后，因为车子送去保养了，我便坐公交车下班。

一路都看到清洁工拿着小铲子在清理站台上的小广告，车上的乘客议论纷纷，无外乎"这么冷的天，清洁工真不容易""他们是城市的美容者"这类。有几个带着孩子的妈妈趁机对孩子说："你再不好好学习，就和他们一样，大冷天还要在寒风里铲小广告。"

车到站，我下车，恰好有个清洁工转身——是她。

她看到我似乎很惊喜，脸上满是笑："姑娘，下班啦？"

"你好，是的，下班了。"我答。

简单的两句话，算是打过招呼了。毕竟，我们只是比邻而居，并没有太多交情。

只是，我没有走出几步路，就听到身后传来斥责声："不是说了要把这些'牛皮癣'都处理干净吗？这一片都是你负责的，我一路看了看，漏网之鱼可不少啊。你是不是不想干了？"

好奇心促使我回头，她背对着我，低垂着头，正在轻声说着什么，似乎是在道歉，又像是在辩解。仔细一想，似乎我下车时不经意地一瞥，看到广告牌上还有挺大一张"牛皮癣"独霸一方。刚路过的电线杆上，也还有一张"牛皮癣"。她挨骂，不冤。

"不能撕！"

尖锐的嘶喊让我再次停下脚步。转头，她整个人扑在广告牌上，阻拦着对方动手。

"不能撕！"

她的态度如此坚决，声音里的哭腔却暴露了她的内心。

那是一张什么样的"牛皮癣"？

我不好意思回到站台去一探究竟，便去电线杆那里寻求一个答案，不过前行几步而已。

那是一张寻人启事，幼儿走失多日，父母悬赏盼归。纸张崭新，想来是新贴不久。

我大步走向站台上还在争执的两人，看看两颊被寒风吹出两片高原红的她，又看向另一个人："这不能撕！你仔细看一下内容，这不能撕！"

在这个初冬的冷风中，我和我的邻居，同时向一张"牛皮癣"伸出了温暖的手。

时光清浅桂花香

久居闹市，总觉得心头少了几许安静，徒惹一身喧嚣。公婆说生活要讲究仪式感，他们帮着我们带几天孩子，催着我和先生出门过结婚纪念日。我本有些犹豫，先生倒是兴致勃勃，在旁推波助澜，促成了这次行程。

人到中年，上有老下有小，哪里能真的甩开手去寻自己的小浪漫？不过是关了手机，找了处安静的乡村住下了而已。早上，我们携手去田野看日出，路上遇到抱着一盆脏衣服去河边的村中妇人，她们对我们露出友善的笑容。傍晚，我们背靠着背坐在山坡上看锄禾而归的老农，听妇人们扯着嗓子喊自家孩童回家吃晚饭。

踩着星光回房的路上，一股暗香乘着风向我们袭来——风有信，花不误。秋风起，桂花开，岁岁年年两不负。

乡间的小路并不平坦，时有石子突兀地裸露在外，像个肆无忌惮的无赖躺在路中间守株待兔，等着遇到那些不长眼的路人，狠狠绊他一跤。我四下看风景，先生牵着我的手走在路上，不时提醒我："看着些路，前面有石子，走这边。"多年前，在亲朋好友的注视下，他的手握住了我的手，从此，我们的手再没有松开过。我感受着掌心传来的温暖，低眉浅笑，他在我身旁，我哪里还需要看路？他，就是我的路。

我站在院门口，踮着脚折桂花，奈何腿短人矮，蹦跳着够了半天，桂花摇落一地，愣没折下来。先生人高腿长，一抬手，"咔嚓"一声，就折下了一枝条的桂花。枝条上满满当当地蹲着桂花，灿黄的花蕊是娇娇柔柔的小姑娘，我就是那"恶霸"，我一动，桂花就在枝条上瑟瑟发抖。

先生将桂花递给我，道："你说桂花是上苍遗忘在人间的漫天星辰，如今，这漫天星辰归你了。"

我抿唇笑，不语。

生命，或长或短，我遇见你那一刻，岁月就此静好。在那之后，长短无需再论。时光的轮推着我们向前，我们一起走过春花、走过秋月、走过夏雨、走过冬雪，已然是我们这一生光阴里最美的诗行，清清浅浅，尘埃落定。

平常，平静，却丰盈——这是生活本来的模样。此生有幸，闲来可与你立黄昏，灶前笑问粥可温。我们早已不复少年模样，曾经的诗和远方不知道去了哪里，人间烟火清清楚楚写在了脸上，却始终觉得对方是自己心中最璀璨的星河。

今夜，避开纷纷扰扰，只闻桂花香，甚好！

生活的诗意

院中的蜡梅开了。

半透明的黄色花瓣，似蜜蜡雕成，深深远远散发阵阵寒香。我剪了几枝蜡梅回屋插瓶。"扬州八怪"之一的李方膺有诗云：触目横斜千万朵，赏心只有两三枝。往往一树蜡梅，也只能堪堪选出一两枝最美的疏影横斜。插瓶的过程，就是一个取舍的过程。一如我们的生活，亦是一个取舍的过程。

跟着岁月的脚步迈进新年的门槛，去岁还有许多愿望没有达成，心中不免有些惆怅。下一刻，我又释然了，哪有什么事事如意？不过都是努力的另一个代名词。新征程又开始了，向目标跑去才是正经事。

"人这一辈子，永远都不会准备好，觉得可以，上就行了。"

年初，我的事业跌落谷底，茫然无措，似乎有千头万绪，却又无能为力。痛哭长夜之后，我提出新的设想，却心有顾虑，踌躇满志却迈不出脚步去执行。娟姐得知后，便与我说了这句话。

娟姐又说："失败了也没啥，多尝试嘛。"

我一想，也对，试一试，好歹有些许成功的机会；如果没有尝试，那便是一点成功的机会都没有了。

后来的很多个深夜里，我总会细细咀嚼这句话。生活，下一秒会变成什么样，谁也不知道。我们永远也不可能真正的准备好，唯一能做的，不过是在迎难而退和迎难而上之间取舍。

如果你去花市转转，你会发现花市的蜡梅大多是对生枝的，那些横瘦疏斜的最美枝干都被花商剪去了，为了运输方便。想要最有生气最美的蜡梅枝干，就得自己拿着剪子，围着蜡梅树慢慢转悠，然后费力剪下带回家。

迎难而退，好比是在花市买上几枝蜡梅，省心、省时、省力。迎难而上，便是自己携带一把花剪，费心、费时、费力才能带上一枝蜡梅回家，也可能最后一枝合意的蜡梅都未寻着，空手而归。

其实，不管是迎难而退，或者是迎难而上，无论怎么选择，都是朝着某一个方向努力解决问题。被"舍"的那个选项，并不会真正的失去，却是在以另一种方式强化你的"取"。取，或者舍，都会经历无奈和遗憾。

我看着插在素色花瓶中的梅枝，不可避免地想起了远方的娟姐，想到我尚未郑重其事与之道一声谢，心下总有些惶然。若是刻意去说一声"谢谢"，娟姐必然会觉得我与她生分了，是要生气的。好在《太平广记》中有记载：陆凯与范晔相善，自江南寄梅花一枝，诣长安与晔，并赠花诗曰："折花逢驿使，寄与陇头人。江南无所有，聊赠一枝春。"那就仿效古人吧，情深难言语，不如折梅寄。

院中的蜡梅，深深浅浅远远近近的黄彼此映衬着，暗香浮动。只是这样远远望着，便觉得是良辰美景，赏心乐事。

我要折下最美好的那一枝梅，寄出这一院子的诗意。

位置

弟弟考试没有考好，这段时间吃完饭后就躲进房间没了声响。和上个月比起来，他似乎又瘦了一点。高三了，无形的压力像一只手掐住了他的脖子，让他渐渐没了活泼，只剩下呆板。

父母嘴上不说，却是看在眼里，疼在心间。我不忍父母焦虑不安，便把这事揽了下来，借口去小区门口的超市买点东西拖了弟弟一起出门。

"姐，我还要复习呢。"弟弟小声抗议。

"怎么？多看 10 分钟书你就能考上清北了？"我叉腰，怒目，毫不留情地说道。

弟弟嗫嚅了一会儿，"多复习一会儿总没错。"

我懒得理他，在超市门口拿了个空篮子，就慢悠悠地逛起了超市。弟弟在我身后沉默的，亦步亦趋跟着。

我在心中默默数数，弟弟到底能憋多久？

果不其然，才数到 47，弟弟就开口了："姐，你走快点行吗？我还要回去复习呢。"

我来到一排放调料的架子前，一边挑选一边说道："人生百味都在这架子上，糖是甜的，盐是咸的，醋是酸的。每一种调料都有自己的特色，也都有自己的位置。"我拿起一袋白砂糖，"你看啊，这是糖。我若把它放在了盐的位置上，是不是看起来很别扭？又或者说，我明知道这是一袋糖，非要尝出个咸味来，那不是糖有问题，是我有问题……"

弟弟打断了我，"姐，你到底想说什么？"

"我想说，人就和这架子上的调味料一样，各有各的长处，也各有各的位置。有的人，读书很厉害，各大名校争着抢着录取他。有的人读书不厉害，但是画画很厉害、唱歌很厉害、跳舞很厉害……我们要清楚自己的位置，明明自己是一袋糖，非得要求自己有点咸，难道不是自找烦恼吗？"我把糖放回原位，拍拍手，"这样，是不是顺眼多了？"

弟弟"嗯"了一声，若有所思。

良久，弟弟问我："姐，你是不是变着法儿说我不是读书的料？"

我正从架子上拿薯片，恨不得直接拿薯片袋子直接朝他砸过去。想了想，一包薯片太轻了，如果可以，我想把这个架子砸过去，砸醒我的傻弟弟。

"我只是想告诉你，每个人有自己的位置，你在自己的位置上做好自己的事情就行了，不需要给自己太大压力。虽然有些残酷，但事实如此，清华北大这类在金字塔顶端的大学只是少数学子的归宿，而你不是那个少数人。我希望你能够找到自己的位置，然后振作精神去面对明年的中考。"我一口气说完，深觉累得慌。

"我特别怕我考不好，可越怕就越考不好，就好像陷入了一个死循环。"

我那榆木脑袋的弟弟啊！

"什么是好？什么是不好？你心里真的清楚吗？"

弟弟摇摇头。

我说："如果你的实力可以考市一中，结果，你连高中录取线都没有达到，那么，就是不好。如果你的实力本来就一般，结果，你考上了一所高中，哪怕是一所普通的不能再普通的高中，那你也是考好了。明白吗？"

弟弟愣了一会儿，旋即猛点头。

"姐，我懂了，我之所以把自己绷得太紧就是因为位置没有找对，得陇望蜀，明明在这山待着非常合适，非觉得那山更高更雄伟一些，就想去那山上。谢谢你，姐！"

谁和你这山、那山的，你以为你是猴子啊！

我在心里默默翻了个白眼，趁机又往购物篮里放了两袋薯片，"大恩不言谢，今儿你付钱啊。"

"啊——姐，我还是个孩子啊……"

径路窄处留一步

家中有一盆兰花，是父亲前些年外地出差带回来的。到家的第一年，花朵开满枝，一室幽香。兰花这肆意怒放的架势让我一度迷茫：都言兰花品性高洁，空谷幽芳。它如今开得这般决绝、热烈，以后不打算再开花了吗？果不其然，此后几年，不管父亲精心侍弄，兰花愣是连花苞也无一个。

父亲当年刚把兰花带回家时说过，这是盆下山兰花，品相不是顶好，但生命力强，极易养。

极易养为什么不开花呢？

我带着疑惑上网搜了一下，恍然大悟。原来第一年栽种的下山兰花，因为生存环境变化、移植过程中植株受损，必须控制开花，也就是摘去一些花芽。否则，兰花本身造成了巨大的亏损，后面几年势必花苞减少，甚至不开花。

父亲听了，转身就围着兰花忙活开了，独留我在电脑面前沉思。

这不是正符合了"日中则昃，月满则亏"这一自然规律吗？太阳到了正午就要偏西，月亮盈满就要亏缺。事物发展到一定程度，就会向相反的方向转化。我们做人做事何尝不是如此？

兰花非人，若没有外力控制，自然尽力开花，直至力竭。力竭之后，元气大伤，需要漫长的时间和丰富的营养进行内部修复，才能再次开花。想必，父亲还得侍弄上好些时日才能盼来兰花再次开花。

身而为人，自己可控，那么为人处世更该留一些余地。

我曾读过一个历史故事，说春秋时期，燕国大将乐毅出兵攻打齐国，最后仅剩吕城和即墨没有失陷，后来吕城失守，只剩即墨一座城池，齐军已到垂死的边缘，齐国名将田单振臂大呼："国家就要灭亡了，我们怎还会有家呢？"齐国士兵人人有誓死报国的决心，结果一战收复全部失地。如果燕军在打到即墨城下时主动示弱后撤，齐军怎会有视死如归的豪情？而罗贯中也在《三国演义》中安排司马懿说出了"归师勿掩，穷寇莫追"这样的话。这句话出自《孙子兵法·军争篇》，意思是说正在撤退的敌人不要拦阻它，陷入绝境的敌人不要去追击它。

　　有些事，不需要你一鼓作气，反而需要你留一些余地。你留下的这些余地，并非留给别人。相反，是留给自己的，给自己留下一些转身的空间罢了。著名相声演员郭德纲也曾说过："人生在世，谁都会有马高镫短山穷水尽的时候，留一些余地，给自己一些退路。"

　　心念转到此处，我不免想起《菜根谭》中的一句话："径路窄处，留一步与人行；滋味浓时，减三分让人尝。"在经过狭窄的道路时，要留一点余地，以便别人也能走得过去；在享受甘美的滋味时，要分一些给别人品尝。

　　径路窄处留一步，芬芳满径时时香！

爱的确认

晚饭后，儿子回房间写作业，我在客厅看电影。

影片是格雷塔执导的《伯德小姐》，讲述叛逆的高中生渴望去纽约上大学，以摆脱家乡乏味的生活和烦扰的母亲，面临一系列青春期烦恼的故事。电影是随意盲选的，我心里惦记着半个小时后要检查儿子的回家作业进度。

不曾想到，本是打发时间的消遣，却意外沉浸在剧情里。女主角和母亲的关系从对抗到和解，父母子女间那种既有爱又相互角力的复杂关系……心有戚戚焉，好似看到了那个青春飞扬的自己。

影片最后，所有的争吵、冷战都在伯德小姐郑重其事地对母亲说出那句"我爱你"之后冰封瓦解。她和母亲实现了和解，也和自己实现了和解。

明明是一部喜剧类电影，我笑着笑着，眼角竟湿润了，心里有一种冲动，特别想象影片中的女主角那样问母亲一句："妈妈，你喜欢我吗？"

尚且稚嫩时，我虽不曾与母亲有太过强势和激烈的对抗，但母女关系亦是暗流涌动、剑拔弩张。

"妈妈，你喜欢我吗？"

儿子不知道什么时候来到了客厅，看来已经来了有一段时间了。

他还小，才 10 岁，尚未进入叛逆期，处于需要我给予他足够安全感的年纪。言语背后的小心翼翼和惶恐昭然若揭。

"我喜欢你。"我郑重地回答他。

他几不可闻地松了口气，继而追问："是那种就算我在学校考不到很好的成绩，我写作业拖拖拉拉的，我经常调皮捣蛋惹你生气，你也会继续喜欢我的那种喜欢吗？"

"傻儿子，妈妈爱你！"我给了他一个拥抱，增加他的自信心，"爱是无法割舍的血缘，是人类与生俱来的本能，妈妈从怀孕时就开始爱你了。"

显然，他并不满意我的答案，挣脱了怀抱，固执地问我："那喜欢呢？妈妈，我想要你的喜欢。"

小小的人儿，尚且说不出喜欢和爱的区别，却已经可以敏锐地分辨出两者的不同。

爱与喜欢并不是同一层面上的感情。

父母子女之间的爱是与生俱来，喜欢却会受到很多因素的影响。爱并不一定喜欢，喜欢终能成就爱。

我眯起眼睛回忆了一下——是从他对我露出天使般的笑容那一刻开始？还是他第一次喊我"妈妈"？或者，是他调皮闯祸却从不说谎勇于承担的品性？

"就算你考不到很好的成绩，写作业拖拖拉拉，调皮捣蛋惹妈妈生气，妈妈还是喜欢你。"我顿了顿，摸了摸他头顶柔软的发，"因为啊，你是一个有担当有责任感的小男子汉。这样的小男子汉，值得人喜欢，不是吗？"

闻言，他有些害羞，抱住我，小声说了一句："妈妈，我爱你，我也喜欢你。"

我应了一声，拥他入怀。

我确实该打个电话给母亲，无需问她"妈妈，你喜欢我吗"，只是需要郑重其事地说上一句"妈妈，我爱你"。

爱，应该得到确认！

轮回

"把嘴巴里的青菜咽下去，不许吐出来！"

我看着凶神恶煞的她，委屈巴巴地流了两滴眼泪。

那一年，我 5 岁，她 25 岁。我不爱吃蔬菜，她总是骂我。

"吃饭的时候就好好吃饭，不许说话。"

我张了张嘴，终究还是向"恶势力"低了头，不敢言语。原本在嗓子眼处的话语被一大口饭菜堵回身体深处。

那一年，我 10 岁，她 30 岁。我想把学校里发生的点点滴滴都告诉她，她又骂我。

"你倒是说句话啊？你是哑巴吗？"

我撇了撇嘴，觉得做她女儿真难。想说话的时候不让说话，不想说话的时候又逼着我开口说话。

那一年，我 15 岁，她 35 岁。班主任说我早恋导致成绩下滑，她被约谈。她没有骂我，她只是想听我说一句"有"或"没有"。我没吭声。

"你这次放假要不要回来啊？火车还是飞机啊？要不还是坐飞机吧，飞机快点儿。打算订几点的票啊？要不要去接你……"

我几次想打断她，愣是没有找到见缝插针的机会，只能敷衍地"嗯"了一通挂了电话。

那一年，我 20 岁，她 40 岁。我去了外地上大学，离家千里。她几乎隔一天就给我打一个电话，絮絮叨叨半天，翻来覆去就是那几句话。我极其不耐烦。

"你怎么要嫁那么远？就不该让你去那么远的地方念大学，一去不回，就跟丢了一样。"

她一边给我准备丰厚的嫁妆，一边抹眼泪。

那一年，我 25 岁，她 45 岁。我远嫁，出嫁那天，她哭得撕心裂肺，又开始骂我，说我没良心。

"天气凉了，要记得加衣裳。"

"得学着自己做饭，外面的饭菜没有营养。"

"趁年轻，赶紧把孩子生了。什么没人带？你只管生，我过去帮你带！"

我怀孕的时候，她就风尘仆仆地来了。然后，帮我带孩子，直到孩子上幼儿园。

后来，她病了，我带着孩子风尘仆仆赶回家，每天洗衣做饭照顾她。她总是嫌我洗的衣服不干净，做的饭菜不合口，真是看我哪哪都不顺眼。

我凶她："不许挑嘴，把这碗鱼汤喝了。医生说的，要多喝汤。"

她看着凶神恶煞的我，委屈巴巴地把汤喝了。

孩子说："妈妈，你不要对外婆这么凶，外婆会害怕的。"

她笑呵呵地对孩子说："你妈妈呀，是要报复我呢。她小时候，我就是这么凶她的。"

这一年，我 40 岁，她 60 岁。

这一年，她老成了和蔼可亲的模样。

三分年味

苏轼在词中写道"春色三分，二分尘土，一分流水"，意为：此时的春色，假如可以三分的话，那么两分归于尘土，一分归于流水。词句意境之美，令人惊艳。

在我眼中，这年味，亦可三分，两分归于旧岁，一分归于新年。

旧岁于我，意义深重。

新年愈近，就愈发显出旧岁的可贵。

我这个人没什么爱好，就好读书，好买书。每至年关，整理旧书就是一个大工程。我必是要挑上一个难得晴好的日子，将几个大书柜里的旧书小心翼翼搬出来，细心擦拭干净上面的灰尘，摩挲着书的封面，亲近感油然而生。这本是我小学时偷偷攒了一个学期零花钱买的，那本是第一次拿稿费买的……每一本书都有来处，每一本书都收录着我的一些回忆。将这些书按购入年份摊开，打眼望去，似乎就看到了那个还是顽劣孩童的自己一路跌跌撞撞地走向成长。

理完旧书，就该出门去会会旧友了。

汉代《古艳歌》中写道："衣不如新，人不如故。"衣服，是新的好；朋友啊，还是旧的好。

旧友贴心，他知你的喜好，懂你的思量，一杯白水，席地而坐，便能聊个畅快。平日里笑不露齿的我，在此时此刻可以放声大笑亦可以号啕大哭。眼角眉梢流露的笑意都是真心的，谈起过往眼眶微红也是有感而发，宣泄的情绪无需克制。在这一刻，我就是我自己！

岁月偷走了很多东西，旧友是不变的风景。

新年于我，美好可期。

我的书柜会迎来许多新书，或许新书的可读性不如旧书，但每个时代的作品身上都带有这个时代特有的色彩。一如既往，新书亦将有来处，亦将收录着我新一年的成长轨迹。

旧友们再度散落在五湖四海，平日里各自默默努力，以求岁月安好。待到来年再聚，你一言，我一语，只余欢笑，不见悲愁。

年味三分，二分旧岁，一分新年。

旧岁已展千重锦，新年再进百尺竿。愿新年，胜旧岁！

母亲的口罩哲学

小区里的王阿姨在微信上喊："最新消息，药店刚到了一批口罩，要不要一起去排队？"母亲回了条语音："不去。"拒绝得干脆利落。

闻言，我忍不住问母亲："现在口罩可是紧俏物资，你怎么不去？"多年前，母亲往家里搬盐的"盛况"依稀还在眼前。她和全天下的老太太一样，喜欢扎堆凑热闹，排队抢购比代购还积极，时不时还要被伪科普忽悠买一堆没用的东西往家搬。

母亲一脸严肃，道："电视里说了，这个病毒很厉害的，能不出门就不要出门。"我点头，正准备表扬一下母亲这次的高觉悟，没想到母亲紧接着来了一句，"口罩太难买了，我这戴一个口罩出门，万一排半天没买上口罩，里外里还亏了一个口罩哇。不划算，不划算，不能去。"心思缜密，理据充分，我忍不住伸出大拇指为她手动点赞。

打小，母亲对我的管束极其严格，常常把我独自关在房间里学习。后来，我工作了，案牍劳形，忙于工作，也鲜少有时间与母亲坐在一起说说话。这次春节，倒是给了我们一个纯享天伦之乐的机会。我们坐在同一张沙发上看同一部电视剧、同一条广告、同一则新闻……渐渐地，共同语言就多了起来。每次电视里播放疫情相关的新闻，母亲看我的眼神就很微妙，感叹道："还好你当年没有学医，那些送孩子去第一线的妈妈心里得多疼啊！医生不容易啊，医生的妈妈更难啊！"没过两分钟，又一脸嫌弃地说："你当年怎么不学医呢？你看看，还有那么多病人在等医生帮助他们啊……"说着说着，她的眼眶就红了。每当这个时候，她就会差遣我去倒水。常常，看一个小时电视，她得差遣我倒五六次水，垃圾桶里的餐巾纸也多了几团。

　　母亲要求我每天给她说一说网上的相关新闻，当我说到一线医护人员缺物资的时候，她一拍大腿，打开手机就开始给她的老伙伴们发语音："都听我说啊，咱们呀都不要去排队抢口罩，咱们不出去就不需要用口罩了，把口罩留给一线的那些孩子们吧！"我刚想表扬她思想觉悟真的高，还没来得及说，她又一条新的语音信息开始了："咱想想那些孩子们的爸妈吧，都是当爸妈的人，要是自己孩子去面对那么可怕的病毒，咱们这心呀——都得疼碎咯。"接着，是群里其他阿姨们的声音，一声声都是为人父母者的心疼与不舍。

　　我自觉起身去倒水。

　　我知道，她的眼眶又要红了。她曾经去排队抢购蜡烛、抢购板蓝根、抢购盐，这次——她没有去买双黄连，没有去买口罩。

　　她说，留给那些更需要的孩子吧！

静等春暖花开

近日，生活多有闲暇，与友人聊天颇多。友人说，每日吃完睡，睡完吃，生活实在无趣。我笑了，邀请她："不妨与我一起学画画？"友人坦言，"一把年纪了，哪里还静的下心来学画画。"我并不强求，却是忍不住说了她两句："无趣的哪里是生活？生活哪里都有趣。无趣的呀，是你这个人。"

17年前的非典时期，我面临高考，两耳不闻窗外事般埋头苦读，却不知一夕之间已经风云色变。等我意识到这是一次重大危机的时候，老师已经站在讲台上苦口婆心地劝我们："你们的担忧、焦虑，除了影响自己的学业，什么都影响不了。目前的你们，面对这样的局势，根本无能为力。你们帮不上任何人的忙，你们只有振作起来好好学习，将来才能在这样的情况下贡献自己的力量！高考在不远处等着你们，那是你们与这个世界的第一次残酷交锋。如果你连这个关卡都闯不过，那么——你该好好思考你读书的意义在哪里？"一席话，犹如定海神针一样，同学们都铆足了劲学习。

时光荏苒，17年后的今天，这番话再次在耳边响起。

今天，不是专业医护人员的我依然是面对现状无能为力的那一个群体。所以，我什么也不做，闭门谢客，偏安一隅，静等春暖花开。

晨起读书，小区不似往日纷杂，静且净。倚窗而望，楼下偶有人经过，也是戴着口罩，脚步匆忙。读书时，我喜欢给自己泡一壶桂花龙井，千层绿意，几点月影，似是拢一秋颜色在壶中。不一定喝，只是——看着，美；闻着，香；心，也就快活起来了。

午后，我多半是在书房坐定，跟着视频学画画，几节课下来，也是画得有模有样，颇有成就感。一下午的时光就这样悄然而逝。时光就是这么不经用，哪里来的间隙嫌弃生活无趣？

我将最初学画时的那幅图拍给友人看，道："快夸我，不然小心裱起来挂你家墙上去吧。"友人斟酌了半天，问我："你画的这是火焰山吗？这座火焰山气势磅礴啊！"语气十分小心翼翼，想来是怕极了我真把画挂她家墙上去。

"不对。"

"那就是炼钢炉火花四溅的一刹那。"友人很惶恐，"求你了，别拿这图来糟蹋我家的墙，行吗？"

我哈哈笑了许久，才告诉友人那是我画的星空，只是新手上路，失误也理直气壮。

日子一日翻过一日，我的每一日都有长进，这心里就踏实了，这日子便不算蹉跎了。

其实，我们都在等，等冰雪消融，等春暖花开，等平安喜乐！

都是等，为什么不踏踏实实地等？

立春已过，没有哪一个春天会迟到，春暖在眼前，花开在眼前，平安在眼前，喜乐也在眼前！

微小的愿

疫情来临，城市启动一级响应的时候，父亲看完新闻，回头对我说："不能出门了，这个年你只能在家闷着了。"我愣了一会儿，然后笑了，笑着笑着眼睛就湿润了，道："在家多好呀，多陪陪你们，咱们今年就过一个纯享天伦之乐的年。"危难之时，父亲的本能反应是，他女儿的看世界计划要搁浅了。

"世界那么大，年轻人就应该去看看。"这是父亲对我说的最多的一句话。

我大学毕业后意外收到了德国公司的 offer，十分忐忑。我想出去看看，又有些害怕。回家与父亲商量，父亲说："怕什么？世界那么大，年轻人就应该去看看。"父亲的话给了我勇气，我独自去了地球的另一端工作、生活。

回国后，工作时间紧凑，分身乏术，只有过年前后那一些时间空当是属于自己的。我实在是想卸下一身疲惫，换个地方进行身体和心灵的双重休憩。我小心翼翼地问父亲，可否不在家过年？父亲爽快地答应了，还是那句话："世界那么大，年轻人就应该去看看。"父亲的话给了我底气，我好几年不曾在家过年，一个人游走了许多地方。

一个孩子曾问他的母亲："如果将来我成为一个普通的人，你会失望吗？"同样的问题，我问父亲，父亲乐呵呵地说道："傻孩子，你本来就是个普通人啊。做父母的，就希望自己的孩子健康、平安、快乐。"

午后无事，我和父亲一起在阳台上晒太阳。我给父亲读诗，我说苏轼在《洗儿诗》中写：人皆养子望聪明，我被聪明误一生。惟愿孩儿愚且鲁，无灾无难到公卿。父亲说："希望孩子无灾无难是对的，但我还是希望你聪明一点，聪明一点总是好的。"我没有给父亲讲苏轼的生平，也没有讲这首诗的由来，只是一个劲点头附和："我觉得你说的都对。"闻言，父亲乐呵呵地笑了。

这是我第一次近距离地聆听父亲的笑声。暖融融的阳光铺满阳台，我却在这一刹那感受到前所未有的寒——父亲总是鼓励我去看看想看的世界，我却未曾转过身来，看看他眼中是否饱含不舍？

我问父亲："如果给你一个选择的机会，你还会想要我做你的女儿吗？"

父亲沉思良久，久到我有些心慌。他可能不想要这个只知道自己往前走，却不会回头看的女儿了。

"我不曾对你失望。"父亲的神色尤为郑重，"我只希望你健康、平安、快乐就好。只是没想到，你比我想象出色，我对你很满意。"

健康，平安，快乐。

父亲的愿，小小的；父亲的爱，深深的。

褶皱里的光

菜场入口处那个卖豆腐的摊位终于又开张了。

很快，买豆腐的人就在摊位前排了起了队。母亲脸上满溢着欢喜，拉着我排在队伍的末端。

我有些不乐意，嘟囔："那儿不是也有卖豆腐的吗？还不用排队。"

母亲瞟了我一眼，一副懒得和我说话的样子。

"老板，8斤豆腐。"

"老板，7斤豆腐。"

"老板，12斤豆腐。"

菜场的豆腐一直都是按块卖的，今天怎么就按斤卖了？

我正纳闷，母亲问我："你说，咱们家买个10斤是不是够了？"

什么？10斤豆腐？我看着母亲一脸郑重其事，咽下嗓子眼那句"你是认真的吗"，小心翼翼地提醒："妈，咱们家就三口人。"

"那不是还得给你大伯家拿点，你几个姑姑家里也可以拿点去，你几个堂哥那里也不能落下……"

按照母亲的算法，10斤豆腐是远远不够的，我觉得应该把那个豆腐摊买了。

轮到我们的时候，我好好打量了一下摊主——一名皮肤黝黑的妇女，头发白了大半，看起来年纪比我母亲还要大一些。手指关节突出，显然是做惯了力气活的。生活的清贫一目了然，其余并无特别之处。

我想，母亲和那些排队买豆腐的人，约莫都是出于同情想帮她一把吧。

亲朋好友们散落在城市的四面八方，母亲指挥我开着车挨家挨户送豆腐上门。亲友们收到豆腐，无一不是一脸意外。母亲统一回复："赶时间去下一家，回头再和你们好好絮叨絮叨这个豆腐的故事。"

等红灯的时候，我忍不住抱怨："这豆腐才多少钱啊，我这来来回回的油费能买不少豆腐了吧？"

母亲叹了口气，道："你知道那个卖豆腐的摊主是哪里人吗？"

开了一上午的车，我已经累得不想说话了。

"武汉！"母亲说，"她原来的日子就不好过，现在更是雪上加霜……"

从母亲的叙述中，我知道了那个看起来比母亲还要大几岁的摊主，其实比母亲小了整整十岁。

她的孩子正在读大学，正是花钱的时候。家里的老人身体也不好，常年吃着药。她的丈夫身有残疾，一家老小的生活都靠她那个小小的豆腐摊苦苦支撑。当她用尽全身力气熬过了疫情，回到菜市场的摊位前，却感受到了前所未有的绝望——整整一个星期，没有人买她的豆腐！不仅如此，菜市场里的摊主们明里暗里排挤她。然而，这仅仅是因为她来自武汉。她去了菜市场的管理处，哭着说要退了摊位。她已经交不起每个月几百块的摊位费了。

那天，很多人看到了她在摊位上满脸泪痕却面无表情地收拾私人物品。

绝望！大抵就是这样吧。

也是在那一刻，喧闹的菜场有了片刻的寂静——人们在反思，在自省！

后来，管理处的工作人员做了许多工作，她才能继续经营这个豆腐摊位。

"跳绿灯了，开车。"母亲一脸平静，"生活就是像百褶裙一样，一个褶接着一个褶。咱们能帮的地方就要帮一把。你们读书人不是常嚷嚷什么'予人玫瑰，手留余香'吗？"

是的，生活就是一条百褶裙。每一个褶皱，都是你对生活的不将就。所有的褶皱，都在丰满我们生命的厚度。

那些褶皱里，暗藏温暖的光！

我想看看你

王璐一边脱下工作服，一边与陈静聊天："静姐，我现在特别想去你家蹭饭，就上次吃那个青菜咸肉饭，太好吃了！如果现在能让吃上一口，那就太好了。哪怕一小口也行。"

"想什么呢？我们赶紧回去睡一觉，早点来换班。"陈静一脸疲惫。

她们都是医院传染科的护士，自从疫情暴发后，再也没有回过家，吃住都在医院了。为了工作方便，两人的长发都剪成了齐肩短发。而长期佩戴护目镜、口罩，她们白嫩的脸上已经有了消不下去的勒痕。

两人相携走出传染病区，正要往宿舍去，只听身后一声喊："陈静。"还有一声稚嫩的"妈妈"。

陈静转头，她的丈夫赵贤一手抱着3岁的女儿，一手拎着一个保温饭盒，此时，一大一小两双眼睛都一眨不眨地看着她。

"你们怎么来了？"陈静不由自主想走过去，但是明黄色的隔离线无时无刻不再提醒她保持距离。

女儿终究还小，此刻见到了许久未见的妈妈，竟是哭闹起来，扭着身子要过去找妈妈抱。

"宝宝乖，妈妈很快就能回家，回家……回家再抱！"陈静的眼眶也红了。

赵贤小声地哄着女儿，好一会儿才算是安抚住了，急忙将手中的保温袋放在地上，说："宝宝想你了，带她来看看你。正好，今天家里做了青菜咸肉饭，你喜欢吃，就给你送点来。"

"嗯，好。"陈静答应了一声，又催促他们，"你赶紧带宝宝回去，这个病毒传染性太强。宝宝要是想我了，就和我视频吧。"

口罩遮住了赵贤的苦笑，却掩不住他话语中的抱怨，"那也得你有空啊。你现在除了上班时间就剩下少得可怜的睡觉时间了，我既不想影响你上班，也不想打扰你休息……好啦，好啦，你赶紧回去休息，我也带宝宝回去了。今天看了这一眼，够十天半个月了。下次宝宝再想你了，我给你发信息，你有空了和我们视频。"

鼻腔满是酸涩，语言无力表达，陈静只能用力点点头。她始终记得毕业时的宣誓词"我志愿献身护理事业，奉行革命的人道主义精神，坚守救死扶伤的信念……"

"你自己照顾好自己，好好吃饭，注意休息。"赵贤交代了陈静几句，又哄委屈巴巴看着妈妈的女儿，"宝宝，我们要回去了，和妈妈说再见。"

女儿不肯说话，搂住赵贤的脖子，趴在他肩上小声哭了起来。

"没事，我哄一会儿就好了。我们回去了。"

赵贤走得一步三回头，陈静哭得眼眶红红的。

等赵贤走远了，王璐擦了擦眼角的泪水，走过去将保温袋拎了过来，道："静姐，这不仅是宝宝想你了，我看还是姐夫想你了特意来看你的！羡慕死我了。这沉甸甸的一袋子饭菜，每一粒米都是姐夫对你的思念和爱啊！"

陈静被王璐逗笑了。她和赵贤刚恋爱的时候，两人都不会做饭。她工作忙，赵贤就一力承担了做饭的任务。青菜咸肉饭既简单易做，她又爱吃，赵贤就隔三岔五就做上一回。

手机振动，是赵贤的信息。他说：老婆，吃完饭好好休息，人民还需要你呢，加油！随后是一条女儿的语音信息，稚嫩的声音透露着乖巧：妈妈，对不起，我不想闹脾气的，就是想让你抱抱我。爸爸说，你在打怪兽，打赢了就回来。宝宝乖，在家等你。

陈静强忍住再次盈眶的泪水，喊上王璐，扬声道："听到没？我宝宝说让我打赢了怪兽回去，咱们可得加油了！"

春日守夜人

这天气，乍寒、乍暖、忽晴、忽雨，没个定性。

王东紧了紧自己身上的夹棉外套，搓了搓手，左右看了看，一把拉下脸上的口罩，嘀咕了一句"真麻烦"。

他在工厂做了几十年的机修工，退休后闲不住就应聘了小区里的夜班保安。这本来是松快的活，夜里进出的人少，他窝在保安室里，空调一开，喝喝茶、看看报纸，困了就打个盹儿，天一亮，他这一天的钱就算是挣着了。

原本，他是想在这个保安室再窝上几年，等自己实在干不动了，就回家好好养老去。这段时间，他常常有种力不从心的感觉——自打"防疫"拉开序幕，他就算在保安室打盹也得睁着一只眼睛。这门口进进出出的人可是关系着整个小区居民的安全，他深深觉得自己的老迈已经肩负不起这么重大的责任了。他觉得自己应该抓紧去找领导反映一下这个情况，换个人来顶他的位置。

想到以后每个月要少2000块钱的收入，王东低声骂了句："……王八羔子。"

就在这时，一辆电动车"嘎"一声停在门口，车上的人没有下车，脚踮地，斜着身子，一手把着车龙头，一手敲窗，嚷道："师傅，给开下门。"

王东戴好口罩，拉开窗户，问道："哪儿来的？"

"送外卖。"

"去哪儿啊？"

"师傅，外卖，外卖。"那人示意王东看他的制服。

王东说："你给人打电话，让人下来取吧。"

那人着急了，"师傅，你们小区我这儿有七八单呢，都是急单。你就让我进去吧，通融通融。"

"小伙子，不是我不让你进去啊。"王东道，"我也是按规定办事。"

外卖小哥又恳求了几次，都被王东拒绝了，只能开始一单一单地打电话。

王东见没自己什么事，赶紧关上窗。春寒料峭啊，就这么一会儿工夫，他这把老骨头就觉得打哆嗦了。

"老咯，不中用咯。"一口气喝了半杯茶，王东才觉得自己暖和了一些。

外卖小哥又敲响了窗户。

王东有些不想搭理他，送个外卖也不消停。要是一晚上来几个这样的人，他这把老骨头非得闹毛病不可。想归想，王东还是拉开了窗，"干什么？干什么？"语气很冲。

外卖小哥倒是不生气，笑嘻嘻的，"大爷，你这窗户开大点儿。"说着，竟是自己上手把窗户推到最大。

王东这回是真生气了，正要发怒，却见那人将好几个外卖袋子递了进来，"大爷，这些吃的喝的啊，都是小区里的住户给你点的，说是你值夜班守住这道门不容易，别冻坏了身子。他们还让我对你说一声'辛苦了'！"

王东一下子愣住了，久久说不出话来。

"大爷，辛苦啦！"外卖小哥握拳，道："加油！"

"啊？啊，啊……你也加油！"王东默默想：不就是守住这道门吗？老骥伏枥，志在千里；老王守门，轻而易举！

第三辑　风自远方来，去去也无妨

青砖，绿瓦

　　每一座城市的地基，都填充着一部久远的历史。城市里的每一块砖瓦，都留有人类的记忆。

　　江南的砖瓦，与别处不同——砖是青的，瓦是绿的。

　　在这里，真正的老宅院非黑非白，一派古旧与苍青。

　　冷硬的青砖结结实实的，背脊上开着花儿，大朵大朵的，像极了乡间朴素丰腴的女子，简洁干脆，经得起风吹雨打。人字形的瓦檐重重叠叠，鱼鳞小瓦就一片覆一片那么趴着，静谧、乖巧。

　　瓦，本是黑色的，大约是岁月久长，储存了太多关于雨水的记忆，缝隙里挣扎出了青色的苔藓。瓦上的青苔，嫩嫩的，绿绿的，纯真极了。苔藓是瓦的衣，一小蓬、一小蓬，郁郁葱葱，透着一股清简之美。身着苔藓衣的瓦，浓妆或淡描，墨绿、深绿、翠绿……是光阴里孕育出来的勃勃的盎然，是源源不断的生机。

　　水，是江南的魂，像一张网，阡陌纵横。沿着水岸，弄堂也是曲曲折折，多少"山重水复疑无路"一个转身又成了"柳暗花明又一村"。若站在高处看，江南就是一个大水塘，那些高低不一的房子就是一条条大小不一的鱼儿，白墙是鱼儿的肚，屋脊是鱼儿的脊，瓦是千瓣闪闪的鱼鳞，苔藓是润在水中的草。这鱼儿是活的，在水上，又在水中，逍遥自在——江南的灵动，早就韵在了骨子里。

　　每一座建筑，都是一段历史的印记。而在江南，一砖、一瓦，都是沉积的史册。

砖上雕着的飞禽走兽吉祥美好，刻着的花鸟虫鱼栩栩如生，镂空的福禄寿喜飘着翰墨之香，风雨未曾停歇，轮廓不曾模糊。

瓦上有过青霜，积过灰土，纳过雨水，长过青苔，光阴越来越厚重，瓦却越来越轻薄。

诗人郑愁予曾说："我打江南走过，那等在季节里的容颜如莲花的开落。"自此之后，多少朵莲花在季节里等待开开落落，只为你曾打江南走过，只为那达达的马蹄由远而近又远……

你若打江南过，驻足读一读青砖与绿瓦。

玉门关外

王之涣写《凉州词》："黄河远上白云间，一片孤城万仞山。羌笛何须怨杨柳，春风不度玉门关。"西北之地壮阔风光尽在其中。

而我，对玉门关的最初印象来自纪晓岚，说是乾隆让纪晓岚在扇面上题诗，纪晓岚龙飞凤舞写下了王之涣的《凉州词》，乾隆仔细一看，发现漏了一个"间"字，就要问罪纪晓岚。纪晓岚怎么办呢？他镇定自若："既然是词，该是长短句，此《凉州词》非彼《凉州词》。"说罢，朗声读道："黄河远上，白云一片，孤城万仞山。羌笛何须怨，杨柳春风，不度玉门关。"乾隆听了连连点头，放过了纪晓岚。

茫茫戈壁，飞沙走石，寸草不生，苍茫、荒凉——从酒泉驱车去玉门关的路上，我如是想着。车子在望不见尽头的公路上飞驰，每隔一段距离会有路标提示与玉门关的距离。没有飞鸟走兽，没有行人，没有其他车辆。此间天地，只有我，蓝澈的天在望着我，无垠的戈壁滩也在望着我。

来到玉门关，我有些恍然，很难把眼前的大土墩和诗词中气势磅礴的关隘联系起来。李白在诗中写"长风几万里，吹度玉门关"。只是，关隘老了，大概只有那冷清清的明月一如当年吧。

我站在玉门关前，闭上眼。耳畔，旌旗猎猎，战鼓声声，天马嘶嘶。就是在这里，将士们一箭射破了大漠的平静，箭矢落在地上，很快被黄沙掩埋。"人不寐，将军白发征夫泪"。

汉人在这里建了玉门关，关内是繁华，关外是荒凉。盛唐的诗人们来了，留下传世诗篇，将玉门关刻进了后人的灵魂深处。

我不愿再举步向前，亦不愿眺望远方。在这里，走一步是千年，望一眼是万年。

　　大漠沉寂，平沙万里天低。一轮夕阳在地平线上沉浮，在风的缝隙里，我听到杨柳抽新芽的声音。

　　是了，一路行来，不时有绿色入眼帘。自然比不上丰美的江南，只是在这苍茫天地间长出了些许绿意，像是新生的信号，更像是在佐证——玉门关外，春风来过。

鸣沙山上

敦煌前往乌鲁木齐的航班一天只有深夜那一班。我退完房，时间充裕，就决定随处走一走。这一走，就偶遇了鸣沙山。

积沙成山，这是一座由沙子堆积而成的山。它雄浑、厚重、沧桑，它是被太阳宠爱的孩子，一身耀眼的金黄。我站在山脚下，心中情绪莫名。眼中是你，心中却是海。大海无边，你无际；大海浪漫，你沉稳；大海丰富，你荒寂……多么像生命的轮回——从稚嫩走来，趟过岁月的长河，带着一身流年镌刻的印记，走向壮阔。

在《旧唐书·地理志》中有对鸣沙山的记载："天气晴朗时，鸣沙闻于城内。"说是在晴朗干爽的天气，风一起，敦煌城内都能听到沙子的鸣响声。

此时无风，我侧耳细听，只有驼铃一声一声，如清泉滴落在你怀里，你却不言语。

骆驼，是沙漠的一部分。山脚下有一些骆驼被绳子圈在了一起，它们跪在地上，圆溜溜的眼睛睁得大大的，看看同伴，看看沙漠，独独不看路人。它们安静地跪着，乖巧又温顺的模样。有一只驼队刚出发，几十只骆驼排成一队缓缓前行，闲庭信步，像一座座蠕动的小山丘。远望，山脊上也有驼队，像是给这沙丘的轮廓线上了一圈镶边，让这旷远如西北壮汉的沙漠多了一份精致的神韵。

骆驼有骆驼的道，人也有人行的道。我觉得山不算高，索性脱了鞋袜，打算沿着山道上山。沙子粗糙，带着暖意。只是万万没想到，当重物置于沙体上，沙子是会流动的，这种自然现象叫"流沙"。脚踩流沙，如同逆水行舟，进一步退半步。行至半山腰，我已经步履艰难，只能手脚并用，想象自己是一匹骆驼。气喘吁吁登上山顶，我直接瘫软在沙堆上。良久，才有了力气起身看看周围的景，这一眼，却是万年——黄沙万里，浩浩无边。人之于天地间，不过一蝼蚁。

身后，是沙中一弯新月，清澈如初。它是迷失在沙漠中找不到归途的月亮，是看遍了人间沧桑还睁着的一只眼，是嫦娥听了那句"西出阳关无故人"手抖掉落的发簪，是当年丝绸之路军队行过留下的马蹄印儿……月牙泉，温婉清亮，盈盈一脉。水边有几簇薄薄的芦苇，恍然有了几分江南的味道。

风吹沙响。我坐在鸣沙山上，闭眼聆听，沙呜呜咽咽着开始了它的诉说，声声入耳。你听，是如绵绵白雪落在树叶一般几不可闻的细密之音；你听，是如惊雷阵阵奔腾而至的滚滚之音；你听，是如泥石流摧枯拉朽倾泻而下的轰然之音。是呻吟、是诉说、是呐喊、是咆哮，是西域的颂歌，是大漠的绝唱！

月牙泉是它亘古以来最虔诚的听众，匍匐在山脚下，听它细细讲那些被掩埋在黄沙下的金戈铁马、古道斜阳。

驼铃声渐远，明明灭灭。只有沙鸣声，鸣沙如歌，鸣沙如泣，鸣沙如诉。

鸣沙山，我曾听过你。

魔鬼城下

抵达雅丹的时候，是黄昏，阳光依然刺眼。此地，寸草不生，戈壁浩渺，道路艰险。自古以来，对于魔鬼城，耳听者多，涉足者寥寥无几。

雅丹，是地名，也是地貌。维吾尔语中的意思是"具有陡壁的小山包"。在距玉门关西90公里外，有一处外观典型的雅丹地貌群落，东西长约25公里，南北宽约1~2公里，遇有风吹，鬼声森森，夜行转而不出，人们称为"魔鬼城"。魔鬼城像极了一座中世纪的古城堡，有城墙、街道、大楼、广场、教堂、雕塑……栩栩如生，令世人瞠目。

随车导游说完历史，笑呵呵地与我们开起了玩笑："大家都知道，牛肉面里可能没有牛肉，老婆饼里肯定没有老婆，那么，我现在告诉大家，魔鬼城里绝对没有魔鬼，大家一会儿可以放心游览。"大家了然一笑。

远远地，我们看到了一些奇形怪状的土丘，有高有矮、有棱有角。它们是一个族群，群居在这片荒凉中，日复一日，年复一年，感受着烈日，感受着星辰。此处的风强劲有利，呜呜而来，裹挟着豪情壮志，它是大自然的刀，一刀一刀雕琢，打造出这些独具风韵的艺术品。

日月经天，江河行地，春风夏雨，秋霜冬雪，我们忍不住赞叹大自然蕴藏的无尽能量。

走进魔鬼城，除了一条遥遥不见尽头的公路，就是漫无边际的戈壁。你看不见一草一木，脚下是黑色的砺石沙海，眼前黄色的土丘雕像在蔚蓝的天空下无声静立。站在雕像下，仰望，断面处沉积岩的纹理清晰可见，心下生出可怖之感。就是在这里，大约一亿年前的白垩纪，这里是一个巨大的淡水湖泊，岸边植物茂盛，乌尔禾剑龙、蛇颈龙、恐龙、准噶尔翼龙和其它远古动物在这里栖息、繁衍，这里曾是一片水族欢聚的"天堂"。后来，经过了两次大的地壳变动，湖泊变成了间夹着砂岩和泥板岩的陆地瀚海。

你若不来一趟，不在魔鬼城下站一站，不曾有过近距离的惊心动魄之感，你大抵只知道大自然有鬼斧神工之技，却不知道大自然亦有一副冷酷残忍的心肠。就在这里，它毫不留情过，却又留下了举世无双的艺术瑰宝。

于我们而言，魔鬼城是大自然留在天地间的恩赐，也是对人类的一种警示。

"古今中外人和事，大千世界景和物，都能在其中找到影像。一处景点，宛如一部神秘的天书，任你阅读；一处景点，犹如一座哲学家的雕塑，任你思想；一处景点，诚如一件风和雨的杰作，任你欣赏。"《敦煌雅丹地质公园简介》中如是写道。

雅丹，是风与戈壁的纠缠，历史给予我们的恩惠。

你去过敦煌吗

你去过敦煌吗？

那个"羌笛何须怨杨柳，春风不度玉门关"的敦煌；那个"醉卧沙场君莫笑，古来征战几人回"的敦煌；那个"为将为儒皆寂寞，门前愁杀马中郎"的敦煌；是那个"劝君更尽一杯酒，西出阳关无故人"的敦煌……那个每一寸土地都是传说和神奇的敦煌！

武威、张掖、酒泉、敦煌，河西四郡，像是风沙中的四粒纽扣，牢牢地钉在河西走廊这件大袍子的衣襟上；又像是四个在丝绸之路上孤独流浪的落魄诗人，在漫天风沙中低吟咏唱着苍茫与浩渺。

向西，向西，再向西，在西域以西，在河西走廊的尽头——敦煌就在那里，大漠如铜，锈迹斑斑。

脚步迈进敦煌，仿佛翻越了历史的门槛。半卷青史，黄沙万里，烽烟四起。目光穿过戈壁，石窟静默，古道扬尘，驼铃声悠远。往事阅遍，缄口不言，光阴只在眉目间。

走在街头，低头看砖，抬头看墙，满目都是精美，那些图案源自莫高窟壁画，惟妙惟肖。汉唐风格的仿古建筑，路灯独特的造型，无一不彰显着汉唐遗风。行走此间，时常有梦回汉唐之感。

你去看一看莫高窟吧！

那些困苦的工匠，身怀高超的技艺，穷尽毕生之力，执着又机械地在风沙中辛苦劳作。他们一年又一年、一代又一代，在浩瀚的大漠深处开窟、造像、绘画、雕塑……他们在岁月长河的彼岸一锤一凿，我们在岁月长河的此间跟着讲解员手电筒的亮光在历史中穿越，北凉、北魏、北周、隋、唐、五代、宋……我们在封存千年的故事中，一步一禅，艺术的禅。

你去看一看月牙泉吧！

月牙泉是一滴泪。它是月亮的眼泪，月亮迷失在沙漠中找不到归途，再也回不去了。它是仙子的眼泪，仙子垂怜大漠干渴的苍生而在离去前留下的一滴泪。它弯弯的，浅浅的，静静的，映月而无尘，极有韵味。它是鸣沙山的魂！

你去看一看阳关道吧！

"阳关万里道，不见一人归"，这大概是最早的描写阳关的诗。如今再读这样的诗句，仍感到悲怆与凉薄。历史沧桑，驿路变成了沙砾，偏是这样的诗句穿透历史的烟尘，迷蒙你的双眸。荒凉的墩墩山上，独留一座摇摇欲坠的烽燧，伤痕累累，却又向我们展示着一种坚不可摧的力量。

历史，坎坎坷坷，皱褶前行。

在敦煌，你静静看，看历史留下的文化与沧桑；你默默听，听敦煌人民积极向上的拔节声！

敦，大也；煌，盛也！

宇宙，是永恒的。人生，是短暂的。你可以来看一看敦煌吗？

海的邀请函

去年夏天，我辗转抵达仙本那。

仙本那位于马来西亚沙巴州东南海岸，是斗湖省的一个县。在马来语中，仙本那是"完美"的意思。因为地势优势，这里从没有台风和地震，周边散落着无数小岛，或是沙滩白皙、或是水质清澈、或是原住民聚集，别有风情。

这里的海水是松绿色的，像是一屉绿色的宝石，乍一眼，杂乱无章；细一看，乱中有序。深深浅浅的绿色，在海面上铺陈开来，绵延到天边。

海上风大，海水被风吹得一波波向我涌来，掀起一朵朵白色的浪花。海浪张扬，滚滚而来，一浪接着一浪，一浪更是高过一浪，像青春飞扬的意气少年，一副睥睨姿态。海水宁静，只水面起了微澜，倒似历经千帆一身淡然的长者，力拔山兮气盖世的巨大能量掩得一丝不漏。

开游艇的是当地的小伙子，他们精壮、黑瘦。游艇靠岸，他们一改在海上乘风破浪时的严肃，不知道从哪里拿出一把尤克里里就在沙滩上弹唱起来，脸上是明媚的笑容。就好像当年去云南，看到当地的彝族人围绕着一堆篝火雀跃地唱跳，看到藏族同胞在广场上欢快地跳舞一样——时间地点不同，场景却如此神似。听不懂的语言，随意舞动的身躯，却真真切切地传递出了幸福的信息。

我赤了足，在沙滩上慢慢走，想寻一枚海螺，听听大海的声音。小小的螺贝，随着浪，一荡荡上了岸。拾起，侧耳听——大海还没有来得及离开，被我活生生堵在了这空空的壳里。无处可逃的大海像是呢喃着温软的语，又像是唱起了儿时的歌，潮湿了心，浸润了神。

脚下是细细的沙石，海水被浪推了过来，摩挲着脚踝。我驻足这里，享受大海的轻吻，享受这份安静的美丽。

深呼吸，鼻腔盈满海的气息，仿佛久违了的知己就在触手可及之处，将心事说给它听，藏入海底。海，似乎又多了一抹幽深的绿……

夏天，是大海发来的邀请函，你收到了吗？

唤醒世界的语言

——我该以怎样的语言来唤醒这个世界？

　　窗外，是一片海。

　　天色微亮，一片迷蒙。晨曦中的海，模糊中泛着粼粼波光。那些光，像堆积在一起的玻璃碎片，是动态的，漂浮着、涌动着，一波接一波。

　　窗框就是一个天然的相框。海在框里，是流动的景。我在框前，看久了，竟觉得框中源源不断的水就是眼前的日子，不问来处，不问去处，只是奔腾、奔腾，向前、向前。

　　一条细细的亮线如锐利刀锋，将海洋与天空割开了一道口子。那口子越来越大，亮线也是越来越粗。口子里红霞满溢，那是一种纯粹的红，只是红着，没有光。天，蓝得很浅；霞，红得沉静；海，波光明净。

　　浪，依然涌动着。似乎只是眨眼的间隙，太阳就被浪推出了海面。光芒万丈，画面在这一刻定格，万物静默。这光芒如刀，将框中流动的景分割成了若干份。每一份，都是独立又相连。独立时，单调；相连时，丰富。就像你和我，人海相逢，情绪大致相仿，无外乎喜怒哀乐。人生经历却大有不同，如深海暗涌，那是大海藏匿心底的疤，是一路我们披荆斩棘的印记。

　　我凝神谛听——听海水的声音，由钟吕之声起，从低吟到高歌，从基因到泛音，从五声到十二律，从海底到我身畔……在声音的缝隙里，我听到了藏在深处的对生活的理解。海的厚重，恰如生活的质感，层层叠叠包裹之下，是值得期待的未知。

有一艘隐约的小船闯入画面。此时尚早，却已有渔民驾着船出海了。小小的船，在海上颠簸。撕破晨曦雾霭，于风浪中独行，不知它可曾觉得孤独？也许，它只觉得畅快。它本该属于大海。

海虽无言，船却最懂大海的心思，懂海浪背后的缱绻。它在大海里穿行，随着大海波澜起伏的诉说在风口浪尖沉默……

天空的蓝，依然很浅。蓝得浅，浅得静。一颗湿漉漉的太阳升起，轻易就将海与天染成了橘红色。太阳升高一寸，海边就热闹一分。最终，太阳一跃，挣出了我的"画框"——大海醒了！

我就这样长久地立于窗前，打量着海。也许，此刻的海也在打量着我，带着熟悉或者陌生的情绪。

天空是倒悬的海，海是天空的投影。界限从未清晰，一直模糊着。

海，唤醒了这个世界。

悄无声息。

回到那拉提

友人在几个月前就辞掉了工作回到了那拉提。那是她的故乡，她说雪山边的落雪太美了，她要回去看雪。

多年前的夏季，我独自去了新疆西北边陲的伊宁。来时并没有具体规划，只是想来，便来了。从机场出来，找了辆出租车。司机是一名热情的哈萨克族大叔，得知我尚未规划行程，便用半生不熟的普通话再三告诉我一定去那拉提看看。司机大叔说："我们哈萨克族人是世界上走路最多的民族。你一定要去那拉提看看，去骑马，我们的马和你以前看到的马不一样。去走走我们山脊上的马道……"

维语中，"那拉提"可理解为太阳最早照耀的地方。传说，成吉思汗西征时，有一支蒙古军队，从天山深处向伊犁进发。时值春日，山中却是风雪弥漫，饥饿和寒冷使这支军队疲乏不堪。不想翻过山岭，眼前却是一片繁花似锦的莽莽草原，泉眼密布，流水淙淙，犹如走进了另一个世界。这时，云开日出，夕阳如血，人们不由得大叫"那拉提"。

我在当地找了向导，决定去那拉提看一看。

那拉提的绿，溢满阳光。这一山连着一山的绿，浓郁处如一幅画，清亮处又如一首诗，神秘而莫测。

苍鹰在天空中自由地翱翔，天上的云朵缓缓飘移着，草原便跟着缓缓地变换着色彩。

连绵起伏的天然草坡上，绿意密密匝匝，竟无处下脚。

向导说："这里的哈萨克族人以放牧为生，择水草而居。随着季节变换，这些帐篷会不断地迁徙，在冬天到来之前，他们会搬迁到另一个更接近太阳的牧场。这里的路，人是走不上去的，车也开不上去，只有马能上去。这里的马，都是认识路的。"

我翻身上了一匹枣红马，向草原深处行去。

马儿带我走的这条山脊上的道，应当就是传说中的"马道"吧。果然是山泉密布，溪流纵横，水草肥美，而它的周边却是山丘绵延，使整个草原显得特别辽阔而深邃，静谧而幽美。一路上，每一茎草，每一枝花，都热情如这里的牧人，穷尽生命的绽放着它们的美与爱。

每次我回味那拉提的美时，友人总说："若有机会，你该去看看冬日的那拉提。"

如今，友人回到了那拉提，日日与我分享冬日那拉提的美好，方才深觉自己孤陋寡闻了。

冬日的那拉提，白雪覆盖，仍然挡不住活色生香。明明是饕风虐雪的景象，却总能在冬日踏雪的足迹中觉得春日盛宴就在眼前。

她说："毡房外，还是这么蓝的天，还是这么白的雪，像小时候一样，我想骑马在雪中缓缓走一走。"她全副武装骑马而去，留给我一个飒爽的背影，落下一连串的笑声落在雪上。

我突然明白了林清玄说的"就像我们站在雪中，什么也不必说，就知道雪了。在雪中清醒的孤独，总比在人群中热闹的寂寞与迷惑要好些。雪，冷而清明，纯净优美，念念不住，在某一个层面上，像极了我们的心。"

不惧风雪，迎着严寒骑马而去，大抵是惬意到一切都能被治愈的事情吧！

你看，雪山边落雪了，很美。

去赛里木湖吧

俗话说，不到新疆，不知中国之大；不到伊宁，不知新疆之美；不到赛里木湖，不知高山湖泊之俏！

嗨，赛里木湖，国境边上最美的湖泊，我不远千里而来，只为见你一面。

传说

赛里木湖的水怪传说由来已久。

林则徐在《荷戈纪程》中写道"赛里木湖四面环山，诸山水汇巨泽，俗称'海子'。考前有记载，所谓赛里木诺尔是也。东西宽约十里，南北倍之，波浪涌激，似洪泽湖，向无舟楫，亦无鱼鲔之利。土人言，中有神物如青羊，见则雨雹。水不可饮，饮将手足疲软，意雪水性寒故尔。"

清代方士淦在《东归日记》中写道"海子周围数百里，四山环绕，众水所归，天光山色，高下相映，澄鲜可爱。中有海岛，内有海眼，通大海，有海马，人常见之。"

文章中提到的"青羊""海马"，指的都是"水怪"。

当地的牧民讲起"水怪"也是一肚子的奇闻趣事，我听得津津有味，时不时转头看那蓝得没有一丝杂质的湖面——这诞生于远古洪荒时期的赛里木湖，神秘莫测。

湖水

赛里木湖的湖水很蓝，是一种纯粹通透的蓝，不曾揉入一点杂质，像是天空倒置在湖中，湖水与天空浑然一体，若不是有那远山围着，谁能分得清哪里是天，哪里是湖？又像是一块蓝宝石沉在湖底，湖水澄澈，蓝宝石在阳光下安静地发着光，晶亮的光在湖面上跳动，满目银光，许是昨夜璀璨了整个夜空的星辰正在此处休憩。

据当地人说，至今还没有船能够到达湖对岸，因为无论天气状况如何，船到湖中心一定会狂风大作导致翻船。因为湖心有巨大磁场，那些曾在赛里木湖湖心上航行过的游船都沉入湖底再没有回来过，从此湖上再不见船只，更不许人下去游泳嬉戏。

天地广阔，唯此处静谧无声。

偶有风，也是轻柔无比，从湖面而来，带着清冽冽的寒意，悄悄路过你身旁。

赛里木湖的水，很静、很净。

知秋

牧民们在湖边打草，那是家中牛羊马冬季的口粮。湖畔的草地上已经没有多少草，倒是多了许多矮矮的四四方方的长条柱形站立着，像一个个憨厚质朴的孩童呆呆地站在旷野里，等待归家的大人。

触目所及，一片枯黄，透着秋意。

赛里木湖被这秋意拥在怀中，如珠、如宝。

远处的山上，还有星星点点绿意，那是夏日最后的倔强。山脉绵延，有的山高，直入缥缈的云雾中，不见山顶；有的山低矮一些，可以看到山顶被白色覆盖，牧民说那是天山上的积雪。万物皆有灵，如果高山上的湖水，是地球上的一滴眼泪，那赛里木湖就是最晶莹的一滴。

赛里木，是哈萨克族语言的音译，意思是"祝愿丝绸之路行人平安"。

我在赛里木湖湖畔，祝你平安。

风云激荡在长安

西安，是一部流动的历史。它雄踞西北，大秦的崛起、大汉的雄风、大唐的盛世……历史遗存的完美博大，令人震叹，折服英雄无数。

兵马俑

有人看兵马俑，深坑土人，甚觉没趣。我看兵马俑，看到的是那段沉睡千年的历史。

你闭上眼，静静听，有没有听到激昂的号角声吹响？有没有听到铮铮铁蹄在大地上奔腾而过？有没有听到一统天下后排山倒海的山呼万岁？

如今，那些勇猛的战士就站在你的面前，他们沉默且沧桑。沧海桑田，斗转星移，物是人非，不变的只有他们——他们就在这里，守护着他们的君上，守护着他们的大秦！也许只需要一声战鼓，他们就会苏醒过来；也许只需要一声号角，他们就会再次拿起武器冲锋陷阵。也许，他们并不愿意再见天日，只想把当年那段杀伐岁月淡忘。也许，在我们眼中，深埋黄土下的是厚重的历史；在他们心中，深埋黄土下的是安静的灵魂。

昔日大秦早已远去，军魂却留在了这里！

秦腔

秦腔是在这片黄土地上长出来的。

如果说京剧是字正腔圆，气势磅礴的大美，昆曲是温柔婉转，缠绵悱恻的小美，那么，秦腔就是人们灵魂深处的呐喊，是人本身喜怒哀乐淋漓尽致的展现。

我在西安寻到了戏园子，听秦腔。园子虽不大，但演员们颇有来头，师承何处，有何建树，明明白白。

演员们粉墨登场，甫一开口，我就如同挺立在飒飒西风中喝下了一杯烈酒，提神醒脑，通体舒畅。

粗犷、豪放的秦音由此荡漾开去，我仿佛看到了八百里秦川尘土飞扬，看到了尚且年轻的玄奘牵着瘦马走出阳关，仿佛看到了秦军将士身穿铠甲奋力厮杀……

兵谏亭

骊山，东不及西岳华山之险，西不如太白山水之幽，只是因了一句"长安回望绣成堆，山顶千门次第开"，引得大家前赴后继。

君不见，风流愚昧的周幽王为博爱妃褒姒欢颜，在此烽火戏诸侯，给整个周王朝带来了灭顶之灾；君不见倾国倾城的杨玉环看着一骑绝尘的侍卫，嫣然一笑，那是给她送荔枝来了；君不见，秦始皇、汉武帝都在这里留下了足迹，留下或许荒诞、或许可笑的故事……

与他们相比，兵谏亭似乎只是一间不起眼的小亭子。山岩巍峨，山林清幽，它安静地站立在骊山的半山腰。

当年，张学良、杨虎城二位将军就是在此采取了兵谏行动，西安事变和平解放。

历史终究会被时间所覆盖，他们的过人胆识、开阔胸襟、浩然正气，必然长存于我们心中。

千古兴亡多少事？悠悠。不尽长江滚滚流。

八路军西安办事处

这里，周恩来曾来过；这里，朱德曾来过；这里，刘少奇曾来过；这里，白求恩曾来过……

我，也来了。

今日参观的人不多，显得静谧安宁。我穿梭陈列馆里，查阅珍贵的文献资料，隔着玻璃抚触那些泛黄、模糊的照片，仿佛穿越了历史回到了那个"山雨欲来风满楼"的年代。他们在这里转运物资，在这里传递信息，在这里运筹帷幄，在这里艰苦奋斗，在这里无私奉献着……忆往昔峥嵘岁月稠！

岁月静好，不过是有人替我们负重前行。

一个院子连着一个院子，我从这个院子走向那个院子，每一个院子都干净整齐，无处不透露着我们共产党人的朴素无华。经过狭窄的楼梯来到地下室，看着这里的物件，忍不住热泪盈眶：这是八路军光辉历史的见证，是中国伟大革命的足迹！

离开前，我恭恭敬敬地鞠了三个躬，感谢已然走进了历史的伟人们，感谢我们伟大的国——愿你我，不忘初心。

终南山

秦岭，被称作南山，也常称作"终南山"。

江南多丘陵，我生在江南，长在江南，所见之山，都是小山丘。到了秦岭，才算是真正看到了山，它直入云霄，横亘东西，肃穆地立在天地间，让人望而生畏。

南山访友

友人数年前辞去工作，离开城市，一路辗转，最后隐居南山。她不用网络，不用手机，只在年节的时候回家看一看父母，从不多待，五六天便又走了。年初见了一面，她清瘦，精神却极好，眼神清亮，说话时唇角不自主带着笑。

我得闲，便来访她。确切地说，我是来访这座传说中的"仙山"——南山。

一路走来，倒是偶遇了不少修行的人。有独居茅棚深修的僧人，有修身养性的进山者，有不愿俗世喧闹的隐居者，有看破红尘的世间高人……本该荒凉的山道上，走着走着便能遇到一个人，这世外之境，已然如此喧嚣，纷纷扰扰如红尘。

山何其大？

我如《寻隐者不遇》的贾岛，我知我的友就在此山中，只是云深不知处罢了。

南山寻缘

林语堂说："孤独这两个字拆开来看，有孩童，有瓜果，有小犬，有蝴蝶，足以撑起一个盛夏傍晚间的巷子口，人情味十足。稚儿擎瓜柳棚下，细犬逐蝶窄巷中，人间繁华多笑语，惟我空余两鬓风。——孩童水果猫狗飞蝶当然热闹，可都和你无关，这就叫孤独。"

我孤身一人来了南山，寻友未见，暂住山脚下。

邻居问我："可感觉孤独？"

我答："不觉孤独，只觉心安。"

人们常说：相逢即是缘。

我漫步在南山脚下，所遇见的一草一木，一花一叶皆是我的缘。

一花一世界，一叶一菩提。

遇见一花一叶，遇见大千世界。

南山问禅

我不再上山寻人，只在山脚下住着，晴时出门走走，雨时喝茶听风。自得其乐。

在这里，山青青，水幽幽，时光很慢。我可以整日在山林间寻觅风的踪迹，可以大半夜在溪水旁守着采一束明亮月光，看鸟儿在空中掠过，看野花热烈绽放……

人生如海，岁月如歌，我倚靠在时光之岸，安之若素。

生命是一场艰难的修行，我们行于尘世，羁绊一生。酸甜苦辣，悲欢离合，都是悠悠岁月的一部分。哪有完美？留一点残缺给岁月咀嚼，让阳光照进来，晒一晒心底的陈年愁绪。

心有一方净土，不为万变纷纭。

云水禅心，一念安然。

终，见南山。
终于，南山。

在门外坐一会儿

汪曾祺在《人间草木》中写：如果你来访我，我不在，请和我门外的花坐一会儿，它们很温暖，我注视它们很多很多日子了……

我的门外也有一些花，春日时灿黄耀眼的迎春、夏日里娇艳欲滴的凤仙、初秋时节到处攀爬的牵牛……早已忘记何时撒下过种子，它们仿若是天生天养，一到时节就开得繁盛热烈。

此时，门外只有凤仙花。凤仙花儿小小的，带着一根细细的尾巴，与其说像凤凰，不如说像翩翩飞的蝴蝶。

白的、紫的、红的、粉的，挤挤攘攘一片，每一株都活得结结实实的，像极了乡野间丰腴健美的女子，明朗、泼辣。白色是尚且懵懂的孩童，绿衫翠袄碧罗裙，身姿已亭亭，心如脸庞一般纯白一片，干净明洁；粉色是矜持而又羞涩的少女，脸颊一点点氲成了粉色，荷叶在绿襟小袄前襟的淡粉色帕子相映成趣；红色也不是正红，是俗气至极的玫红，偏在这一片热烈中最为夺目，像布裙荆钗的农家妇人，乡野贫寒，粗屋陋室又如何？它自欢欢快快地在风中摇曳。紫色的凤仙花儿不多，星星点点的几株，散落其中，倒像是家中的老长辈，岁月的美早在心头，如今已是不张扬、不聒噪的模样，沉静又安宁，颇有几分闲雅。

林海音的《城南旧事》有这么一段关于凤仙花儿的故事：她摘下来了几朵指甲草上的红花，放在一个小瓷碟里，我们就到房门口儿台阶上坐下来。她用一块冰糖在轻轻地捣那红花。我问她："这是要吃的吗？还加冰糖？"

那个失了孩子的秀贞摘了指甲草就了白矾，放在小瓷碟上捣烂堆在小英子的指甲上，边等指甲干边听秀贞讲疯话。等指甲红了，英子也该回家吃饭了，到家后妈妈劈头就质问谁染的，爸爸竟是一句"小妖精，小孩子染指甲……"

我小时候也用凤仙花儿染过指甲。小小的手，纤纤的指，十根手指都染得红艳艳的。那几天，我做什么事情都小心翼翼的，就怕弄花手上这鲜亮亮的颜色。

翻阅《采药录》《古今事物考》等文献，可知用凤仙花儿在染甲早在战国时已出现，并在唐、宋之际盛行。古代妇女以凤仙花作为染料。根据南宋周密《癸辛杂志》记载：将凤仙花捣碎，加入少许明矾，再浸透到棉纱上，缠裹在指甲上一晚，如此重复三次至四次，指甲则可染至深红色。

如今，门外的凤仙花儿开得恰恰好，我的十指虽然光洁溜溜，却也没了染甲的心情。

嘘，不要打扰我，我要和门外的花儿们坐一会儿，仿佛与当年那个染红了指甲咧嘴笑开怀的自己毗邻。

且做一回牧云人

车子在路上爆胎是始料未及的事情。打完救援电话，我颓丧地坐在马路边，毫无形象可言。不知名的果子"啪嗒"一声落在身侧，抬头，纯净到通透的湛蓝天空撞入眼眸——此时的云像飞天身上那飘逸的缎带，婀娜娜娜，轻盈、缱绻。

许是天空蓝得过分透亮了，衬得云像牛乳中浸泡过一样，又白又厚。若仔细看，就会发现这些云是在不停变化着的。它们慢悠悠地散开，淡了、薄了，如袅袅炊烟在天空升腾而起。"炊烟"慢悠悠地飘摇着，越散越开，最终幻化出万千姿态。它们像是一群游吟诗人，浅吟低唱着，一副悠哉游哉的散淡模样，一路飘飘摇摇，散散向前。

歌手许茹芸在歌曲《云且留住》中唱出了疑问：白云来自何处？她未曾求得答案，却羡慕白云悠然自如，愿自己能与白云同行同驻。

当年听这首歌，只觉得歌词太矫情，许茹芸独特的唱腔也掩盖不住其中的酸腐气。

今时今日，此情此景，我竟是与写这歌词的作者通了悲欢。

生活纷忙，时间风驰电掣，一不留神"梨花落尽成秋色"，年初的计划尚未完成，岁月就已一脚把我踹进了下半年。手机备忘录里满满的待办事宜、电脑里拟了初稿还没有定案的合同、家中的柴米油盐酱醋茶……焦虑和恐慌充斥着我的内心。然而，就在这一刻，那些焦虑和恐慌就好像天上的云一样，飘飘悠悠、丝丝缕缕地从我身上抽离而去。或许，它是一块洁净的抹布，悄无声息地擦去了散落在心里的尘埃。

天上的这些云啊，它们走过都市乡野，走过山水花间，走过繁华，走过荒芜……它们闲庭信步而来，又安闲自在而去，始终散淡而过。它们淡泊无争，真切而随性。

我羡慕极了它们惬意舒卷的模样，多么想自己就是一片不悲、不怨、不愁、不叹的云，那便可以在无情的岁月中不慌不忙地打马而过。也许它们自己也不知自己从何处来，要到何处去，只是心中无负担，万般皆自在了。从何处来，到何处去，就不重要了。

活在生活里，我无法拒绝或者躲避热闹、喧哗和忙碌，只是拍了很多照片，就像是采了一捧云存放在手机里，洁净了心里的那片天。

著名作家周国平说，心静是一种境界。

这一刻，云在天上，也在我心里。它，或者我，抑或是它与我，都是安静且丰盈的模样。

我在心里牧云！

秋夜行

夜半惊醒，才发现窗外正在下雨。

今年的秋雨似乎比往年脾性大一些，借了风的势，"啪嗒啪嗒"扣响窗棂，唯恐人们不知道它来了一样。这样来势汹汹，倒让我想起来《红楼梦》中的那句诗，"助秋风雨来何速，惊破秋窗秋梦绿"，措手不及，我梦中的绿碎了一地。

很静，天地间只剩下这雨声。

仔细听——它在呐喊、它在咆哮、它在奔腾……它赏过了冬天的雪、看过了春天的绿、闻过了夏天的荷，憋了整整三个季节，好不容易才轮到它出场，早已迫不及待。

我站在窗前，窗外黑漆漆一片，只能凭记忆去分辨院子里那些在雨中摇曳晃动的影子。

那绵延一片的是葡萄藤，葡萄早已摘完，夏日里肥厚的藤叶自立秋后日渐消瘦。当初那份浓重的绿经不住秋风，秋风一起，便一日日变黄。白日里瞧着，已经没有几片绿叶了。雨势这么大，也不知明日是不是就秃了？

葡萄架子不远处，是几棵石榴树。此刻，在风雨中依稀能看到它们弱柳扶风的模样。它像是怀胎十月的孕妇，一举一动都小心翼翼，风往哪儿吹，它便迟迟缓缓往哪儿倒去。枝头挂满了沉甸甸的小石榴，在风雨中眉开眼笑。

早些年，我围着院子的墙根种了一圈月季花，长势一直极好。它们次第开放，我这方寸之间，一年倒是有半年的光景花团锦簇。那也是秋虫的乐园，此处唧唧、彼处啾啾，一派热闹。如今这雨一下，也不知道那些秋虫去哪里了。俱静无声。

"一叶叶，一声声，空阶滴到明"，一夜秋雨，思绪万千。我惦记着院子里的花花草草，再难入眠，索性铺平了宣纸，研墨写字。从"一声梧叶一声秋，一点芭蕉一点愁"写到"秋阴不散霜飞晚，留得枯荷听雨声"，从楷书写到隶书，却始终觉得不尽兴，索性拿了伞出门去。

雨势比起初小了许多，空气中透着寒意。

我站在葡萄架子下，俯身捡起一片落叶，在雨水的洗刷下，脉络清晰，这是体面的告别。这是它的宿命，没有文字图像记录过往，只有我目睹了它与这个世界的告别。石榴树有几根枝条不堪重负，折了，有气无力地趴在地上。地上开始有了积水，石榴躺在泥水中，照样咧开嘴笑着，真是没心没肺！月季花丛大抵是有厚重的墙体做靠山，反倒是在雨水中更娇艳鲜亮了几分。

我带着那几枝泥水里的石榴回了屋，吃是不能吃了，但摆在案桌上，倒也有几分雅趣。

雨，还是下。天，还未亮。

我给自己泡了壶茶，等天明。

山和寺庙

山上有座庙。

这句话，放之海内皆准。你走进一座山，哼哧哼哧爬到山顶，如果没有看到寺庙，即使风景这边独好，也总觉得少了点什么。

家附近有座小山，山上有座庙，我在黄昏的时候走进它。山道上几乎无人，只有风，裹挟而来，凛冽又带着清新。天空澄澈干净，不时有鸟飞过。路旁植物繁茂，慢悠悠走在其中，很容易被这些植物所散发出来的强大生命力征服。

这是一座空庙，佛在堂上坐，座下无僧侣。平日里只是由山下的一些居士上山来打理庙里的一些日常之事。所以，看到围墙有多处残破也就不足为奇了。墙上车轮般大小的"南无阿弥陀佛"早已褪色，黄昏下，灰蒙蒙的，看不真切。

寺庙的格局大抵是千篇一律的，跳不出对称、规矩，这是代代传承下来的平衡和中正，是历史和文化的积淀。我来得晚，山门已关，几名居士正准备结伴下山。他们行止缓和、低眉敛目，许是青灯古佛久了，身上烟火气清淡。夕阳余晖下，看着他们的身影在山道上渐行渐远，再回头看寺庙，古朴、深沉。

风起，送来浑厚清脆的声响。庙里有塔，高七层，檐角悬挂了铃。佛是肃穆的，庙是无言的，塔是木讷的，唯有塔上的铃——随风奏响的是一种对心的感召。云霓飘过来，暮霭漫起来，长风呼啸而来，都是它触动自己的力量，就会传出悠扬的音韵，无一定之规，无一定节拍，是浑然天成的天籁。

古人言："钟，音之君也。"我在其他地方听过寺庙的晨钟暮鼓，那是一种很苍苍的声音，沉闷钝拙。声响，僧侣青鞋布衲行色匆匆在身边经过，是催促，是警醒。庙里没有僧人，自然也就没了晨钟暮鼓。这里只有时断时续的塔铃声，为古朴的寺庙增添了几许云淡风轻的随意、生趣。

黄昏在塔铃声中走到了尽头，夜色涌了上来，我看到了浮在天边的月。那是秦时明月，那是汉时明月，那是……昨天的月，也是今天的月。

"今人不见古时月，今月曾经照古人。"李白曾在夜色中把酒问月，而我，只是在黄昏时候进山走了一走，看看山，看看山上的寺庙。

式微，式微，胡不归？当归。

山里一下子冷清了下来。

坐下喝杯茶

杭州山寺门口挂着这么一副对联：南来北往，有多少人忙忙；爬高走低，何不停下坐坐。

坐下来干什么呢？喝杯茶。

周作人在《喝茶》篇中有一段话，让我记忆深刻："喝茶当于瓦屋纸窗之下，清泉绿茶，用素雅的陶瓷茶具，同两三人共饮，得半日之闲，可抵十年的尘梦。"艳羡。

我在家中置一间茶室。忙了，累了，甚至喜极忘形了，就去茶室坐一坐，喝杯茶，沉沉心。人生无论是通达或偃蹇，亦无论悲苦或欢欣，都需要一杯茶。

茶室依着小花园，从窗口望出去，就可以看到院子里种植的一些爬藤类的植物。茶室靠里墙的地方有一茶橱，摆放茶壶、茶盏、茶洗等茶具。另一侧，摆了博古架，架上物品不多，仅几尊早已忘记从何处淘来的花瓶。一尊景泰蓝花瓶中插着几枝干枯的莲蓬，那是我在路上捡的，总觉得十分合心意，便带回来插在了瓶中。博古架的边侧，挂着一盏花草纸手提宫灯，点亮的那一刻，总有几分"蓦然回首，那人却在灯火阑珊处"的恍惚。

正中央是一张茶桌。茶桌并不特别，一张长桌，四张围椅。虽然多数时候只有我一人在茶室待着。譬如此时此刻的我，独自在茶室静坐，无人亦无事叨扰，只是看着阳光透过窗户落在地上的斑影，默默在心中寻思今天该喝什么茶。

思来想去，还是一如往常喝起了老白茶。

我钟爱老白茶，不过是由茶及人罢了。我的朋友止昔，是一名资深茶人，老白茶便是她所赠。家中长者曾与我闲谈："能够与你一起把茶喝得很淡很淡的朋友，才是你真正的朋友。"长辈的教诲总能穿越时间和季节，温暖我心。手提宫灯的光亮总是朦朦胧胧，衬着茶汤，别样的暖意在茶室流淌。

一连喝了两泡茶，放下手中茶盏时鼻尖嘴角还氤氲着茶香味儿，十分满足。

安静喝茶，心也慢慢静下来，情绪逐渐趋于平和，没有喧嚣，没有呐喊，没有不平，没有忧伤，也没有喜悦。时值寒冬，万物凋敝。茶室温柔，茶叶叶底柔软，解渴，养心。

坐下喝杯茶，换一刻身心安静；得半日之闲，可抵十年的尘梦！

捉月亮

秋风吹了几吹，月亮也就在桂花香里越来越圆了。它，在夜空中静美如白莲，一日一日绽放。

空气中满溢着桂花香气，夜色下香气越发醇厚。河岸边有一间茶楼，我与友人相约在此赏月。我行至茶楼，一路虫鸣轻柔，竟像是懂事了，不敢扰了这月色，只是躲在树后喁喁私语。友人还未到，我便站在门口等她。有人结伴从我面前走过，携来一阵笑意，携来一阵香气。我与他们并不相识，也未曾说话，却意外觉得此刻分外美好。

友人来时，我还沉浸在这份美好里。说与友人听，友人也来了兴趣，道："我们也去走一走，让这里的香气动起来。"

在我看来，这个提议正中下怀。

我们沿着河岸散步，有星星点点的萤火从水上远远而来，似是萤火虫的微光。只是，如今这冷清清的秋夜，哪里还有萤火虫？那萤火近了，才知是船头上的灯。它载着一船桂花香而来，又载着一船桂花香而去。身后，水波碎了一地，粼粼泛着银光。

友人指着水面让我看，说："看，一河星星。"可不是吗？天上的星星落在面前这条河里，星光闪烁，河面上点点璀璨。我顺着石阶下到水边，掬一捧水，星光闪烁在掌心里。水，从指间流走，调皮的星星逃回了河里。再掬一捧水，逃得不够远的星星又被我捉了回来……如此往复，我玩得不亦乐乎。

这满河的星星呀，捉也捉不完。捉了这几颗，跑了那几颗。总有傻星星随着水波往我跟前凑，往我身边蹭，往我手里拱……

友人不知从何处端来了一碗水，站在岸边招呼我："走，我们捉月亮去。"

抬头望月，月已圆，像一块泛着油光的月饼，看那斑驳的花纹，可能是五仁的，也可能是莲蓉的。

仰头望月，最是宁心。

心静了，月就更圆了。

白瓷碗中盛着清水，清水中清清楚楚映着一个月亮。端着碗的水一动，月亮也就动了。碗放平了，月亮就乖乖巧巧地不动了。如果那些调皮的星星是一群爱捣蛋的臭小子，那月亮就是一个听话懂事又美丽的小姑娘。

有人见我们端了一碗水在捉月亮，便也来了兴致，端了一只碗过来与我们凑趣。顺带地，还要品评一下我们的月亮："你看，你的月亮肤白貌美。再看我的，一看就是夏天贪玩被晒黑了。"

仔细一看，他那碗底还沉了几根茶叶杆，忍不住笑他："你端了碗茶水来，就说月亮晒黑了。你若是端一碗酒来，怕是要说今晚这月亮喝醉了。"

风中留下一串愉悦的笑声。

嘿，你端上一只碗，我带你一起去捉月亮吧。

嘘！小声些，别让月亮跑了。

江南的墙

风从河面上吹来，清洌不羁。所过处，水波漾漾，草木萋萋。灰扑扑的墙揽了随风而来的料峭春寒在胸前，细细说起了曾经的故事。

那是一面老墙了：阳光在上面溜达过，月亮在上面徘徊过，有着沧海的深度，有着桑田的密度……风雨冲刷磨蚀出的一块块凹凸墙面；墙身大片大片的剥落，斑斑驳驳；墙根霉斑点点，氤氲开的雾蒙蒙像是弥漫着的水气；攀爬的青苔岁月笔下的古朴文字，拿这墙当了纸，从远古书写到现在。每一面老墙上都写满了故事，都在默默等候那个可以停下脚步听一听故事的人。大抵，墙有多老，故事就有多老了吧？

这里是江南，古代文人雅士钟情已久的江南。古人写诗，很多时候就是图一己之快。诗兴来了，找块石头都能写上两句，遇上一面墙，挥毫泼墨，那是常有的事！这便形成了"题壁诗"。题壁诗，始于两汉，盛于唐宋，仅唐代诗人寒山就有六百首之多，李白、杜甫、白居易也常题壁而诗。

是以，江南的墙与别处不同，墙上留存的都是唐风宋韵。

我从桥上过，河水在桥下潺潺。我踏着潮湿的青石板路，拐进了一条幽深的长巷，屋檐下摇曳着的红色灯笼早已褪色，墙上的时光却逐渐清晰。无数的时光在墙上悄无声息地堆积，好像沉睡了一般安宁。时光的符码在这里交叠、交叠、再交叠，多年不曾散去过。

透过陈旧的气象，我想摸一摸这面墙，摸一摸那近在咫尺却又远在天涯的隔世的氛围，只是心境一时难以描述，只能不由自主叹了口气。一面老墙，在历史的长河中微不足道，墙身上镌刻中的历史，跨越时空裸露在我面前，像是一种变化着的静止，让人肃然起敬。

我陷入了巨大的时间流里，再无法脱身。唐风孑遗，宋水依依，一一在眼前鲜活。古旧的墙体发出岁月的袅袅清音，就像轻柔的水波在身边荡漾开去，又柔柔地折回，声音重重叠叠，飘飘悠悠，沉谧而深远。

是谁在诉说悠久、厚重、典雅，以及永恒？

墙上，顺着斑驳的蜿蜒而下的雨水滴穿了千百年的时光，诉说着千百年的沧桑。脚下，青石板满目创伤，那是岁月赋予的不灭的痕迹。

江南，在唐诗宋词中被吟唱了多少章，便在这面墙上灵秀了多少回。蒙蒙细雨、袅袅炊烟、依依杨柳、青青芳草……尽数被镌刻。时光就是这么凌厉又不动声色，把时间都封存在老墙上，而后与我们缓缓说起那些个盛极而衰故事。

江南的天空总是很低，低得载不动太多故事。

江南的小河总是很浅，浅得容不下太多心事。

江南的颜色总是很少，少得仅剩下青、绿和灰。

青的是砖，绿的是瓦，灰的是墙。灰灰的墙，像流水一样回溯历史，渺小如沧海一粟，却又伟大得足以傲视一切！

第四辑　吹灭读书灯，一身都是月

静扫心上尘埃

午睡醒来，竟隐隐有汗涔涔之感。是夏天要来了吧？

沈从文先生在《生之记录》中写道："在雨后的仲夏白日里，麻雀的吱喳虽然使人略感到一点单调的寂寞，但既没有沙子被风扬起，拿本书来坐在槐树下去看，也还不至于枯燥。"

夏日读书，该当如此才快活！

我的小院中虽无槐树，但寻一处阴凉读书却是轻而易举。煮一壶茶，捧一卷书，于小院一隅静静读。

茶，是上个月才下来的新茶。

书，是林清玄的散文集。

这个时节，诗歌或者小说都是不太合适的。

小说里，矛盾冲突满满当当，高潮迭起如壮阔波澜。往往，一本小说读下来，心灵好似经历了一场波澜起伏的长途跋涉，尽兴，却甚觉疲累。

诗歌，是一个诗人的控诉、呐喊、无声的哭泣，愤怒的、幽怨的、喜悦的……读之，整个人也不由自主陷进了激烈的情绪中，不能自拔。

散文，这样如初春抽芽般润泽的文字，在这个时节阅读却是极恰当的。清雅疏朗的文字，正好压一压季节转变带来的烦躁，于方寸间寻得些许心田的静谧安宁。

我翻开书卷，一股清气迎面而来，安然又心平气和。

他是江渚上的渔樵，是洞察世事却缄默不语的智者，不疾不徐、不愠不火的文字就是他微弱的荧光。说是光，尚且不贴切。倒不如说是山间流淌的清冽冽的泉，是清晨时分娉娉婷婷的薄雾，是大山深处积聚了百万年的矿脉，是幽暗古井中微澜全无的止水。于无声无息间，给予阅读者绵绵密密的力量！

他半生坎坷，字里行间从无辛酸，笔端流淌皆是希望于温柔。

他写："平凡温暖的幸福最为难能可贵，我觉得最幸福的事不过是家人闲坐，灯火可亲。浪漫，就是浪费时间慢慢吃饭，浪费时间慢慢喝茶，浪费时间慢慢走，浪费时间慢慢变老。"

细品，深以为然。

浪费时间慢慢做一件事，在这个不安的世界里做一个安心的行者，悄悄的、静静的。

这大概就是应了他那句"以清净心看世界，以欢喜心过生活，以平常心生情味，以柔软心除挂碍"吧。

不论是夜归的喇叭丧乐手，还是市集卖菜的小贩；不论是父亲种的番薯，还是山间野生的百合；不论是舌尖品尝的五味，还是阳光赋予皮肤的不同感觉，他都用一颗敏感纯真的心去感受去体会。是以，他眼中——花，鲜艳；月，皎洁；风，温柔；自然，博大……以至人性，亦满是芬芳。

他的文字，处处皆美。一如他浅淡却蕴含力量的语言，"我不能化解人生的痛苦，但是我相信，不论多么痛苦，都能与美并存，痛苦会过去，美，会流传。"

午后闲暇，一杯清茶伴一卷书，扫一扫心上尘埃。

寻味

我好吃，嗜辣。母亲常常笑言，也不知道你这张嘴随了谁，要不是当年亲眼看着的，真怕是抱错了孩子。

江南之地，饮食多清淡，口味偏甜。是以，我上了初中后才开始吃辣。彼时，学校与家的距离颇远，骑自行车上学需要一个小时。我每日天微亮就起床，匆匆给自己下碗面条，扒拉两口就要往学校赶。日子一长，便觉得面条索然无味，再也吃不下去。饿着去学校肯定是不行的，无奈的母亲拿出了一罐辣椒，说给我提提胃口。从此，一发不可收拾，竟成了一个无辣不欢的人。

中国有粤、川、鲁、淮扬、浙、闽、湘、徽八大菜系，其中川菜和湘菜，便是离不得辣椒的。据说辣椒的原产地是在南美洲，明代才随西班牙人传进中国。对此，我很是费解，辣椒入菜最优秀的只怕就是中国了，辣椒怎么还是一个舶来品呢？

翻阅许多书籍，倒是探寻到一些痕迹。

《思州府志》中提过一笔，"海椒，俗名辣火，土苗用以代盐"。以辣椒代替盐巴。

这书是康熙时期编纂的。而在乾隆时期，许多书籍中也有关于辣椒的记录。

后来，看过一名美食家对此的分析：辣椒若是舶来品，那必然是比盐巴还珍贵，古人怎么会用昂贵的辣椒来代替盐巴呢？又说，云贵高原，山地多，农田少，经济不发达，种植粮食最为紧要。辣椒作为舶来品，是如何在短时间内大量种植于云贵高原？

只能推测，云贵地区，本就有辣椒，只是品相有差异，古人不识罢了！

辣椒，品相有差异。入菜，口味便也有了差异。纯辣、酸辣、麻辣、甜辣……有的辣且香，有的辣且酸，有的辣且咸，有的辣且甜，不一而足。

各地区人们对辣的喜好程度也不同。

徐心畲在《蜀游闻见录》中有记载：川人食椒，须择其极辣者，且每饭每菜，非辣不可。

我读至此处，抿唇一笑，倒是想起了一句俗话：湖南人不怕辣，湖北人不辣怕，四川人辣不怕，而贵州人则是怕不辣。

说来说去，自古以来，吃辣这事就是湖南人、湖北人、四川人、贵州人一马当先的。倒是与徐珂《清稗类钞》中的记载不谋而合了——滇、黔、湘、蜀人嗜辛辣品。无椒芥不下箸也，汤则多有之。

你看，清末时云贵川两湖的人已经喜好辣椒入食，连汤里也是要放一些辣椒的。

现如今，爱吃辣的人遍布全国，我这个江南人也是无辣不欢。

一口火辣入口，热辣点燃全身，额头、鼻尖全透着亮晶晶的汗，一股子彻头彻脑的舒爽瞬间蔓延全身，筋骨皮无不长出一口气，慨叹一个"爽"字！

辣，好吃，诱人。

若不食辣，岂不是辜负了宫保鸡丁、麻婆豆腐、水煮活鱼、担担面、毛血旺……还有，重庆火锅！

我是读诗人

闲暇时候，我喜欢捧一卷诗书慢慢读，细细品。

这一页是好雨知时节的默契，那一页是背灼炎天光的辛苦；这一卷写寥寥数语写尽了霜叶红于二月花的热烈，那一篇字字珠玑点出了千树万树梨花开的壮丽……一册薄薄的诗，在书房的案头放了好些年，有时脱口而出一句诗，应情应景，面对周围人赞赏艳羡的目光，内心有些窃喜又有些羞赧，我不过是拾了前人的牙慧，取巧罢了。

诗人对春日里熏熏然的暖风总是诸多偏爱。秦观在《八六子·倚危亭》中写道"夜月一帘幽梦，春风十里柔情"。比秦观更早一些，杜牧在一首赠别诗中写道"春风十里扬州路，卷上珠帘总不如"。在他们的眼中，这无形的春风啊，是灵动的，是有脚的，是一个俏生生的小姑娘，莲步轻移，低头浅浅笑的功夫已翠染了整座城。后来，冯唐在《三十六大》中写"春水初生，春林初盛，春风十里，不如你"，春天绿水刚刚上涨，叶子抽出嫩芽，林子清幽，十里春风旖旎，却不及一个面若桃花的你。只字片语，惊艳了一个季节！

诗人好交友，好访友，不是在会友，就是在去访友的路上。洒脱率性如李白，浮一大白，然后"仰天大笑出门去，我辈岂是蓬蒿人"；情意切切如白居易，心知送君千里，终须一别，只能安慰友人"一看肠一断，好去莫回头"；词风豪放的苏轼与友人陈令举在七夕夜分别，写下那句超然脱俗的"相逢一醉是前缘，风雨散、飘然何处？"身而为人，多愁善感是与生俱来的能力，此情无关风与月。

诗人多感情充沛，平日里喜爱用文字来记录生活，表达情感。高兴时写一首"春风得意马蹄疾，一日看尽长安花"，喜上眉梢，字字透着愉悦；难过时写一首"执手相看泪眼，竟无语凝噎"，痛到极致是哭不出来的，只有酸楚在心底排山倒海；愁苦时写一首"世间无限丹青手，一片伤心画不成"，这世上的丹青圣手，画飞鸟走兽，画雕梁画栋，画男女老少都是栩栩如生，活灵活现，却偏偏描摹不出我此刻的心境……

我是读诗人，日日摩挲诗书，不会作诗，偶尔吟诗，自得其乐！

保留那个可以摘星星的房间

买房的时候，先生与我意见相左。

他相中了一套一中附小的学区房，虽然价格超出了我们的预期，但考虑到儿子以后的上学问题，他觉得那套房子就是为我们度身打造的，机不可失，时不再来，应该尽快定下来。我却觉得没必要为了一套房子耗费巨资，背负沉重的房贷，降低生活质量。

他列举了无数条买这套房子能够带来的益处，甚至当着我的面问儿子："宝贝，你是不是想上最好的小学，接受最好的教育？"

儿子看着剑拔弩张的我俩，默不作声缩回自己的小房间。

房产销售打电话来催问结果，说是又有两个家庭也看上了这套房，只是凡事有先后，我们家先去看的房，所以在别人定下之前，先要问一下我家的打算。

先生听了，急得面红耳赤，"你想想咱儿子！这么好的学区房本就可遇不可求，你说钱不够，会降低生活质量，我们可以努努力想办法多赚点钱……"

我觉得他需要冷静一下，泡了杯茶递给他，说道："我给你讲个故事吧。"

是一个很多人都听过的故事——小夫妻结婚时梦想住海景别墅，没事就抱着狗在阳台上晒晒太阳，边喝咖啡边看海。两人辛辛苦苦打拼多年，终于实现了梦想。买了海景别墅，也买了狗。但房贷压力巨大，每天早出晚归，拼命赚钱，只能请保姆打理家务照看狗。于是，他们家保姆每天做

144

得最多的事情就是抱着狗在阳台上晒太阳、喝咖啡、看海。咱们打拼一辈子，保姆却过上了我们想要的生活。

"我们明明有能力陪伴儿子一起成长，为什么非要给生活设置障碍？"我反问，"作为一个妈妈，我也希望他可以享受最好的师资环境。但，我不会无知地认为进了好学校他就会好好学习，就会成长为一个优秀出色的孩子。有多少熊孩子的家长都幻想过孩子进了好学校就会积极向上好好学习，他们如愿了吗？每一个优秀出色的孩子都离不开家长的陪伴。如果他以后去一中附小读书，放学谁接？我们还没有下班，总不能让爸妈每天穿过大半个城市来接孩子吧？这一接，可不是一天两天的事情，最起码六年！爸妈年纪大了，本来该享清福了，我们再让他们为了我们奔忙合适吗？"

我见先生虽然蹙着眉，但表情有所松动，显然是听了进去，继续再接再厉，"小学，我们可以为他准备学区房。初中呢？高中呢？好学校的敲门砖，归根究底还是孩子本身的能力水平。都说，最好的学区房应该是家里的书房。你看那套房子，那么小，咱们一家三口住着都觉得紧张，哪里还有书房的位置？孩子在哪儿读书学习……"

"妈妈，你今天有时间和我一起读故事吗？"儿子从房间探出脑袋，眨巴着眼睛看着我。

"有。"我丢了个"你自己思考吧"的眼神给先生，于是牵着儿子去了书房。

读完故事，儿子搂着我的脖子悄悄在我耳边说："妈妈，我特别喜欢咱们家的书房，你说过这是属于我的星空，每一本书都是一颗小星星，我读完一本书就是摘下了一颗星星，摘完所有的星星我就长大了。我都摘了好些星星了，我想继续摘星星，我不想去那个小房子里，那里不可以继续摘星星。"

儿子三岁的时候，我带着他读绘本故事。他正是好奇的年纪，总是静不下来。我就想了这么一个小妙招哄着他读。两年过去了，他已经养成了每天都要"摘星星"的习惯，雷打不动。我在家时，我都会陪着他"摘星星"；我不在家时，他自己也不会偷懒，一个人乖巧地"摘星星"。

我搂着孩子，言语温软："宝贝，我们先在这里摘星星。以后啊，我们去更大的星空摘星星。"

晚上，哄睡了儿子以后，我和先生说起"摘星星"的事，先生沉默了良久，叹了口气："听你的。"

入睡前，听到先生说："明天开始，我会和你们一起摘星星的。"

孩子，我们的征途是星辰大海，我们会拥有越来越宽广无垠的星空！

光阴里的禅

夏花开到凋零，秋意悄然而至。

年岁渐长，心便愈发沉静，愈发眷恋光阴缝隙中的琐碎平常。

我太笨拙，留不住春日的姹紫嫣红，只得在深夜从园子里偷走了最俏的那朵花，悄悄放入时光的花瓶里，妄想留下几分春色。却不知，花开过了，春色就走远了。

我只能等、只能等，等清风明月，等荷叶田田，等十里荷香。清风中优雅的垂柳是我的笔，月光下闪亮亮的池水是我的墨，一笔一笔写下相思。相思十八笔，这一笔是内敛，那一笔是深沉；横是陪伴，竖是包容，撇是付出，捺是理解。我在藕花深处，用心中的芬芳写下了一朵俗世的花。

曲径千阶绿，山水一般闲。

我在光阴流淌中低眉浅笑，颇有些看山是山，看水是水的简单傻气。曾经年少时的浮躁，早已千山万水。此刻，岁月静好。

心中有岸，才会有渡口。

我心中没有岸，只有一扇窗，打开是尘世烟火，关上是云水禅心。

光阴漫过秋日，禅是一朵花，开在流年中。我守着这朵花，等那韶华深处的暗香浮动，那是我写给光阴最美的诗行。

我曾越过沧海桑田，走过坎坷泥泞，最后于清浅岁月的罅隙聆听光阴的低吟浅唱，那是空山中欢快的鸟语，是海浪撞击岩石，是明月下的琴瑟和鸣……

光阴如水，晴耕雨读，观鸟听鱼，任窗外花开花落，我自在心中修篱种菊。

偷得浮生静听雨

江南之地的夏，总是伴随着雨季。沉闷，人置身其中，仿佛在一个大蒸笼里。空气又湿漉漉的像能拧出水来。

沏上一壶茶，懒懒地歪在躺椅上望着窗外，等雨。

栽在墙根的月季今年长得枝繁叶茂，花枝摇曳间透着几分土里土气的婀娜。好些花枝上都有蜗牛在一点点挪动。天色，渐渐暗沉。乌黑的云从远方赶来，在空中膨胀，把蓝天挤得只有零零星星的东一点，西一点。天空低得仿佛随时会压下来。

雨——要来了。

一声震天的雷响，如一声号令，天与地之间就拉起了雨幕。

雨，落在屋檐上，奏成了一支曲。那横吹的是笛，竖吹的是箫；那笃实的是钟，轻盈的是筝。

雨，落在树叶上，吟诵了一阕词。"一雨池塘水面平"是刘攽，"山色空蒙雨亦奇"是苏轼，还有那"闲敲棋子落灯花"的赵师秀。

雨，落在地面上，溅起了一幅画。水花儿高高的是浓墨重彩的油画，轻轻跃起又悄悄落下是意境悠远的山水，杂乱无章的是孩童画的卡通画。

雨，落在哪里，哪里便有了不同的腔调。

透过这雨幕，与遥远的时光相望，那些似水流年，那些青葱岁月，那些本已经一刀刀雕刻在记忆长廊上的往昔，渐渐活色生香。

幼时——

屋后的荷塘，叶叶相牵，风动荷香。

村口的林子，声声蝉鸣，此起彼伏。

雨一下，倒是平添了许多热闹。穿着蓑衣往雨中蹿的小子遇上了锄禾而归的老农，急急往家赶牛的农妇遇到了成群结队归巢的倦鸟……这是大自然与人的和谐默契。

这一幕幕都早已长成了一枝枝安静的莲，只在回忆中清丽柔婉。

就如这雨，它来时轰轰烈烈、惊天动地；它去时干脆利落、悄然无声。

不知何时，雨停了。乌云退尽，天地间再度鲜亮起来。彩虹从这端架到那端，妖娆、曼妙。

闲来无事的我，听了一场雨，喝了一壶茶，好生满足！想起一句诗来——"躲进小楼成一统，管他冬夏与春秋"，此刻若是有朋自远方来，倒是颇有"风雨故人来"的情致。

偷得浮生卧听雨，心情半佛半神仙。

能饮一杯无

雪一下，脑海中不期而然就浮现出了白居易那句"晚来天欲雪，能饮一杯无？"总觉得要喝上几盅黄酒暖暖身子才算是应了这雪、这冬。

开坛，浓郁酒香扑鼻而来，不饮先醉。

取过酒提子，舀上一壶酒。

酒提子是竹制的，利用自然形成的竹节做成酒提子的底部，连接圆桶的一端留下窄窄长长的提柄。这根酒提子是父亲年轻时候自己做的，切割、打磨，跟随他多年，感情深厚。平日里挂在墙壁上也有几分古朴的雅趣，瞧着是一件精致的物什。

将酒壶放入水中隔火加热。

天寒，适宜温饮。

我喜欢用透明的酒盅来盛酒，微微一晃，倒是品出了几分李白诗句中"兰陵美酒郁金香，玉碗盛来琥珀光"的意境来。诗中泛着琥珀光泽的酒，不正是我手中这盅黄酒吗？

唐代诗人白居易，对黄酒也颇为推崇。他曾被贬到重庆忠县，在那里写下了《荔枝楼对酒》："荔枝新熟鸡冠色，烧酒初开琥珀香。欲摘一枝倾一盏，西楼无客共谁尝？"诗句中烧酒就是煮酒的意思，琥珀香就是琥珀色的黄酒加温后发出了香味。

又如他在诗词《雪夜喜李郎中见访兼酬所赠》："可怜今夜鹅毛雪，引得高情鹤氅人。红蜡烛前明似昼，青毡帐里暖如春。十分满盏黄金液，一尺中庭白玉尘。对此欲留君便宿，诗情酒分合相亲。"这诗中的"黄金液"，指的便是黄酒。

到了宋代，诗人陆游喝黄酒反而喝出个长寿身来。他的《对酒戏作》："乱插酴醾压帽偏，鹅黄酒色映觥船。醺然一枕虚堂睡，顿觉情怀似少年。"喝的酒是黄酒。他的《对酒》："新酥鹅儿黄，珍橘金弹香，天公怜寂寞，劳我以一觞。胸中万卷书，老不施毫芒，持酒一浇之，与汝俱深藏。生当老穷巷，死埋南山冈。古来共如此，已矣庸何伤！"喝的还是黄酒！

趁酒盅温热，浅浅抿上一口，酒味鲜甜醇和。柔和顺口，即使不胜酒力，我亦忍不住又抿了一小口。就这样抿着抿着，以窗外飞雪下酒，倒是不知不觉喝尽了一壶酒。

酒罢，身子暖融融的，竟是有了微微的汗意。

量浅，微醺，只记得听过这么一句话：人在世上混，得有四样本事：一笔好字，两口二黄，三斤黄酒，四圈麻将。

绿蚁新醅酒，红泥小火炉。

晚来天欲雪，能饮一杯无？

闲话西瓜

西瓜最初并不叫"西瓜",而是叫"寒瓜"。

南朝梁代文学家、史学家沈约写有一首田园诗《行园》,前两句云:"寒瓜方卧垄,秋菰亦满陂。"其中"寒瓜"即指西瓜。同时代的著名的医药家、文学家陶弘景在其医著《本草集注》中说:"永嘉有寒瓜甚大,今每取藏,经年食之。"永嘉,也就是现今的浙江温州,东临大海。

据说,西瓜之所以会改姓"西",是因为它来自西域。

五代后晋时期的胡峤在《陷虏记》中记载:"自上京东去四十里,至真珠寨,始食菜。明日东行……遂入平川,多草木,始食西瓜。云契丹破回纥得此种,以牛粪覆棚而种,大如中国冬瓜而味甘。"后来,李时珍称"峤征回纥,得此种归,名曰西瓜,则西瓜自五代始入中国"。

历史已不可考,但越是干旱酷热的地区,西瓜越甜美是有民歌为证的:达坂城的石路硬又平呀,西瓜大又甜。

去年夏天,我去了一趟新疆,品尝了达坂城的西瓜,确实清香甜美。但,口感倒也没有比我在江浙一带品尝到的瓜胜出多少。

初中时,读鲁迅的文章《少年闰土》,其间有一段是这样写的:深蓝的天空中挂着一轮金黄的圆月,下面是海边的沙地,都种着一望无际的碧绿的西瓜。其间有一个十一二岁的少年,项带银圈,手捏一柄钢叉,向一匹猹尽力地刺去……当时想象了一下这个画面,竟然无比向往——月光下,整片沙田的西瓜都是我的。

江浙一带的西瓜植于沙土之中,沙田西瓜最好吃的当属上海的 8424

品种，皮薄、汁多、甘甜、爽口。

在新疆，西瓜摘下来就切开吃了，总觉得缺了点什么。而在江浙一带，大多数人家会把西瓜浸在小溪中或者井水里。东汉建安七子刘桢在《瓜赋》中就曾写道"乃命圃师，贡其最良。投诸清流，一浮一藏。更布象牙之席，薰玳瑁之筵，凭彤玉之几，酌缥碧之樽。析以金刀，四剖三离。承之以雕盘，羃之以纤绤，甘逾蜜房，泠亚冰圭。"你看，好瓜摘下来后，要"投诸清流"，让西瓜在清澈的溪水中"一浮一藏"好好浸润一番，使其清凉，味道也更甘美。

浸在小溪中或者井水里的西瓜，与放置在冰箱里的西瓜吃起来口感是天差地远的。前者鲜活冰凉，一口凉澈心底，暑气全消；后者只有冻僵了的冰冷，一口下去，身体还没有感受到凉意，牙齿先受不了了。

"下咽顿除烟火气，入齿便作冰雪声。"初读文天祥的《西瓜吟》，就觉得十分有趣，好似这个人就在你身侧大快朵颐。

炎炎夏日，是该从田里摘一只绿意盈盈的西瓜，在老井水里浸润一阵，领略"碧壶深贮白沈瀯，霜刀冻割黄水晶"的好滋味了！

清凉薄荷

　　阳台上养着薄荷，一蓬一蓬的葱茏着，青青郁郁一片。

　　乍一看，颇是繁茂。

　　倒不是我养得好，只是薄荷很好养，给一点水，不要暴晒，它自然而然就疯长成一片了。

　　汪曾祺曾在文中提过薄荷。在越南海防一家华侨开的饭馆里，一条很大的红烧石斑，同时端上来的还有一大盘生的薄荷叶。汪老仿照邻座人的办法，吃一口石斑鱼，嚼几片薄荷叶。薄荷可把口中残余的鱼味去掉，再吃第二口，则鱼味常新。

　　我生嚼过薄荷叶，味道并不讨喜，浅浅的植物苦味在口腔蔓延，对汪老心生佩服之余想出了一个折中的法子：吃鱼虾时，备一壶薄荷水。虽然效用不能与生嚼薄荷叶相比，但同样可以去腥、去腻。

　　将洗净的薄荷放入水中煮开，薄荷特有的清香就在空气中氤氲开来。这香气，幽幽的，凉凉的，却十分绵长。若是觉得这还不够，煮薄荷水的时候就再加几片柠檬，待水凉了，再放几块冰块。一杯下肚，心神都清亮了。

　　薄薄的叶片在水中沉浮，缓缓舒展，而后一点浅浅的绿就在水中润开了。这绿，薄且轻盈，淡且飘逸，莹莹不亮眼，盈盈不张扬，古意沉沉般的苍绿，透着几分苍茫和潮湿。这种苍茫和潮湿，一下子沁入人心，像是在心头落下一滴绿意，心就润了起来，人也就平和安定了。

　　我还是试过将薄荷叶捣碎出汁，滤净，放些许白糖，再倒入冰水，沁凉的薄荷水透着丝丝甜意，感觉身上每一个毛细孔都在舒服地叹息。

薄荷就这样，清清淡淡的，素净得像一个洗净铅华、素衣而歌的老妪。少女太娇俏，妇人太妖媚。唯有老妪，也许少时也曾有过凌云志，只是走过风浪见过繁华，最后甘愿做寻常而朴素的打扮，静默安然于一处，明净透彻。

一杯薄荷水放在案头，香气似有若无地缭绕，悠悠的，淡淡的。时间好似就此慢了下来，清清静静的，像是岁月趁我不注意呷了一口薄荷水，即兴在时光里留下了清新素净的诗行。

夏日绵长难耐，幸好薄荷随手可摘取，我便时常换着法儿折腾。不管怎么折腾，都是想赖薄荷清心——借一借薄荷的清凉，安抚自己内心的浮躁与不安。

浅淡的薄荷香尚在齿颊，再读一些意境深远的诗句，心境澄明、宁静。

薄荷清凉，心亦清凉。

葡萄熟了

似乎是一夜之间，水果店的货架上铺满了葡萄，白的、红的、紫的、黑的，满满当当。

犹记得汪曾祺在《葡萄月令》里写"下过大雨，你来看看葡萄园吧，那叫好看！白的像白玛瑙，红的像红宝石，紫的像紫水晶，黑的像黑玉。一串一串，饱满、挺括，璀璨琳琅。你就把《说文解字》里的玉字偏旁的字都搬了来吧，那也不够用呀！"汪老的落笔真是形象生动，非常人能及。

这个时节，葡萄上市，价格也极其亲民。我喜欢吃葡萄，最爱夏黑葡萄。据说夏黑葡萄是巨峰葡萄的后代，无核，特别甜，肉质细脆。葡萄洗净，轻轻咬破葡萄皮，一口将整颗果肉吸吮进嘴里，葡萄汁水醇厚清冽、酸酸甜甜盈满口腔，美不可言！

先秦时期，葡萄种植和葡萄酒酿造在西域盛行。西汉时，张骞出使西域，才把葡萄和葡萄酒都带回了中原。

去年此时，我在敦煌流连忘返。向导是当地人，极力建议我尝尝这里的葡萄。说是葡萄从西域传来，首先抵达敦煌，而敦煌临近沙漠边缘的地区，昼夜温差大，是最适宜葡萄生长的。这里的葡萄看起来幽黑、粗粝，是烈日下久经暴晒的印记。一颗一颗，膨胀着，像是储满了阳光和空气，那是生命的风情。

那段日子，我时不时就能看到一栋满身是孔洞的建筑孤独站在旷野里。问向导，向导说那是当地晒葡萄干的房子。向导侃侃而谈，又介绍起了当地的葡萄酒。

在适宜的土地上，葡萄没有节制的繁衍。智慧的人们开始制作葡萄干、葡萄酒。

茫茫戈壁，古道扬尘。隔着岁月的河流，透过迷迷蒙蒙，依稀能看到彼岸的文人墨客正在挥毫。风捎来他们的低吟声。王翰说："葡萄美酒夜光杯，欲饮琵琶马上催。醉卧沙场君莫笑，古来征战几人回。"李白说："蒲萄酒，金叵罗，吴姬十五细马驮。青黛画眉红锦靴，道字不正娇唱歌。玳瑁筵中怀里醉，芙蓉帐底奈君何。"梅尧臣说："喜公新拜会稽章，五月平湖镜水光。菡萏花迎金板舫，葡萄酒泻玉壶浆。"你且看，沙场、筵席、独酌……苍凉与悲怆、温热与绮丽，都离不开葡萄酒。

我买了两大兜的葡萄，准备酿成酒。

来年此时，我要坐在葡萄架上为自己斟一杯酒，轻摇，闻香，啜饮，把花果幽香留在舌尖，萦绕齿间。

桂花落

桂花的香气是有侵占性的。秋分一到，院子里，墙角边，马路上……桂花甜甜暖暖的香气占领了这个城市角角落落，无怪乎陆游说"花气袭人知昼暖"！

院子里有一株金贵，香气浓得化不开。我折了一枝桂花插在瓶中，置于案头，倒是应了宋代诗人朱淑真在《秋夜牵情》中写的那句"一枝淡伫书窗下，人与花心各自香"。坐在书桌前，仅仅是这样坐着，便觉得香气盈满身，岁月温柔。

饶是如此，这一刻，我心头最惦念的却是满觉陇。

我曾踏月而去，奔赴杭州满觉陇赏桂。满觉陇位于西湖之西南，南高峰与白鹤峰夹峙下的之间，那一片溪水边山崖下植有七千多株桂花。

那一条长长的峡谷，似深深的长巷。漫步其中，一丛丛，一片片，一层层，处处皆是桂花。正如清朝诗人张云熬那首七言绝句一样："西湖八月足清游，何处香通鼻观幽？满觉陇旁金粟遍，天风吹堕万山秋。"满觉陇的秋，就和着香气往深处去了。

别人是日赏桂，夜赏月。我来时已是月上枝头，便索性与友人月夜赏桂——搬一张小桌放在桂花树下，两把竹椅相对，嗅着花香谈谈心事，或者只是静静地遥望天上明月，染了一身幽幽桂香，美哉！

相传，唐朝时期，一个中秋夜半时分，灵隐寺的德明和尚起身到厨房烧粥，忽闻外面传来一阵滴滴答答的水声，他望窗外明月高悬，心想怎么会有水声？开门一看，只见一条银色光链从月宫直泻而下，落在对面的飞来峰上。寺院僧人奔走相告，那是吴刚砍桂用力过猛而震落的桂子。来年春天，飞来峰上长出了密密麻麻的小树苗。这年中秋，桂树上开满橙的、银白的、金色的小花，清香扑鼻，远飘数里。从此，西湖四周便开满了桂花。

白居易有诗写道："山寺月中寻桂子。"只是不知白公当年在郡六百日，入山二十回，宿因月桂落，如此流连桂丛，可曾拾得一枚月中落下的桂子？

古人写桂花的诗词实在多。空灵如"人闲桂花落，夜静春山空"，悠远如"桂子月中落，天香云外飘"，宁静如"中庭地白树栖鸦，冷露无声湿桂花"，趣味如"可怜天上桂花孤，试问姮娥更要无"……

案头的桂花暗香娉婷，我的心变得平静，闭上眼倾听，有桂花落下的声音。

——有桂花落在我心底，香甜了一个季节。

柿之美

点点橙红在阳光下闪烁，映着湛蓝的天空，衬着呼啸而来的秋风，再看柿子挂满枝头的样子，当真是一年好时节啊！

柿子不仅好看，也好吃，好吃在咬破一点儿皮之后吮吸的第一口，甘甜绵软的汁水充斥口腔，妙不可言。

文学大家老舍先生曾在自家院子里种了柿子树，还给院子取了个名儿，叫"丹柿小院"。到了深秋，老舍先生带着一家老小忙活摘柿子，摘下的柿子，能装满一个搪瓷浴盆，他就拿这些柿子作为礼物送给友人。

但对文士们而言，吃从来不是目的，这桩闲事得斯文风雅。简而言之，就是审美和情致俱佳。当吃的趣味落为笔墨的趣味，柿子也就跻身一跃变成了梅兰竹菊那样的香草好花了。譬如，明代文震亨在《长物志》中说柿子有七个美德，树多寿、叶多荫、无鸟巢、无虫蠹、霜叶可赏、佳果可啖、落叶肥大可以临书。

于是，讨喜的柿子就在文人们的笔下出道了

齐白石老人极爱柿子，自喻为"柿园老人"，近九十高龄时还画了一幅《六柿图》，堆放在篮子里的六枚青柿，有的微泛黄，有尚留着青色。

据说柿子的叶子在秋日会变红，到了霜降时节可以媲美红枫。有诗可考证，唐代诗人郑谷云"蓼渚白波喧夏口，柿园红叶忆长安"，唐代诗人韦庄云"柿叶添红景，槐柯减绿阴"……字里行间透出来的景致，竟是不比红枫还要雅上三分。

柿子叶肥大，在古时候的书生也是大有用处的。唐代《尚书故实》

里记载：时有郑生名虔者，酷爱书画而无钱买纸临摹，因慈恩寺有柿数株，落叶满地，遂借僧房居住，终日捡红叶学书。据说郑虔一下储了三间屋子的柿子叶，且十分矜惜，正反面都拿来写。又有元末文学家陶宗仪隐居南村时，耕植之余会拾柿叶来记事。记完以后，就丢入瓮中。后来，这些写在柿子叶上的文字就编成了《南村辍耕录》。细想，杨万里的"却忆吾庐野塘味，满山柿叶正堪书"说的不就是书生拿柿子叶当纸习字吗？

古时文人的雅致，而我只习得了三分雅，更多还是俗世的烟火趣味。我喜欢将青柿、柿蒂、柿叶榨汁，取汁液涂抹在布匹上，晒干后布匹上会出现好看的柿子颜色。据说日本人管这个叫"太阳之染"。用柿子做植物染，该选用老布，挺括、厚实，仿佛是带着岁月的包浆，有一股子恰如其分的沉。

每至深秋，我总是忍不住一日三回地倚窗凝望院子里那棵柿子树，默默在心中慨叹：柿之美，入诗、入文、入画、入心！

忘忧与守望

得闲，泡了一壶茶，又从书架上抽了本《诗经》翻阅。

随意翻开一面，扑面而来的就是"蘩、荇、薇、蘠"这些字眼，像一群乡下女子，带着蓬勃的活力，落落大方地站在你面前，笑容里是掩不住的草木繁盛的生命力。

在《诗经·卫风·伯兮》中读到这么一句"焉得谖草？言树之背。"这个"谖"字，我在《诗·卫风·淇奥》中亦曾遇到，"有匪君子，终不可谖兮"。谖，有忘记之意。这里的谖草，指的就是萱草。而在古代志怪小说集《博物志》中也提到过萱草，说"萱草，食之令人好欢乐，忘忧思，故曰忘忧草。"这意思便对上了。

萱草，我是见过的，与百合长得极其相似。夏季，漏斗模样的橘黄色的大花在烈日下袅袅娜娜，大大方方地艳丽着，艳丽到有些俗气。

《诗经疏》称："北堂幽暗，可以种萱"，北堂即代表母亲之意。古时候，游子远行前，就会先在家中种下萱草，希望减轻母亲对孩子的思念，忘却烦忧。古时，称母亲居室为"萱堂"，后因以"萱"为母亲或母亲居处的代称，萱草便成了中国古代的"母亲之花"。

古时候，交通和通讯都不方便，子曰："父母在，不远游，游必有方。"为人儿女应该尽量陪伴在父母身边，如果一定要远游，也要告诉父母自己要去向何方。然，古人含蓄而内敛，父母子女之间不会直接表达情感。母亲绵密的关心藏在"慈母手中线，游子身上衣"里，游子绵长的惦念写在"谁言寸草心，报得三春晖"的诗篇中。

然，饶是写下了如此名句的孟郊，纵观其跌宕起伏的一生，写给母亲的诗仅三首。为世人熟知的，除了《游子吟》，便是《游子》了："萱草生堂阶，游子行天涯。慈母倚堂门，不见萱草花。"游子远走天涯，慈母倚门凝望，母亲的眼睛只看着游子远行的方向，却看不到阶前的萱草花。孟郊用浅显的语言道出关于萱草和母亲的真相：萱草不能忘忧，对母亲来说，孩子是她最大的快乐与忧愁，而哪位母亲能忘记孩子呢？

　　只是，孟郊终究还是辜负了自己的母亲。他的母亲变成了一个守望者，只能拘谨地站在他的诗歌里。不知他离家时可曾种下萱草？母亲望断天涯路，却不曾等来远行的儿子，该是怎样的落寞与难过？

　　元朝诗人王冕在《墨萱图》中亦写道：灿灿萱草花，罗生北堂下。南风吹其心，摇摇为谁吐？慈母倚门情，游子行路苦。寥寥数语，写尽母子间的牵念。

　　萱草虽意为忘忧，但母亲对游子的牵挂却终其一生。

　　天地幽暗，唯有萱草可以照亮一个母亲的心。

读书漫谈

　　自知是一个三分钟热度的人，一路走来，所学多杂，无甚坚持。唯独阅读这件事一直是心头爱，坚持至今。忙碌之余，阅读就变成了生理的放松、是心理的休憩。

　　近日没有购书，于是又拿出些许旧书，重温。

　　数年前曾购入车前子的《苏州慢》，读了许久才读完。苏州是他的故乡，他为故乡写下了几百万字：粉墙黛瓦、庭院流水、男女市井、风物手艺……意料之中的苏州，意料之外的苏州，都盛在了文字里。

　　我居住在与苏州毗邻的城市，半小时车程，亦是一处温软娇俏的江南之地。地域相邻，风俗习性相近。粉墙黛瓦马头墙，小桥流水老弄堂，亦是我从小看惯的风景。饶是如此，我还是三不五时就要去苏州一趟，去逛逛园林，去听听评弹。

　　据说苏州的园林共有一百多处，我去过的不过是人们常在口中谈论的几处。春日暖，园子里花团锦簇，春意盎然，人满为患。冬日冷，园子里寒寒寂寂，游人三两，我拢了袖子游走回廊，看似闲庭信步，实则心中冷得打哆嗦。

　　倒是评弹，爱听。

　　幼时，母亲做家务时喜欢打开录音机放评弹磁带，我跟着听了许多故事。以至于后来很长的一段时间里，我都觉得讲故事都要用苏州话讲，间歇还要拨弄一下三弦和琵琶，唱上一段。后来，才知评弹只是苏州的地方戏曲。只是，评弹听久了也就品出了几分其中的趣意，舍不下了。

日前去苏州，友人邀我去一处院子吃饭，惊喜看到现场有评弹。男先生穿着长衫，熟练得捻着弦子。女先生一袭旗袍显得腰身盈盈一握，微微侧身坐着，纤指一动，珠落玉盘声起。友人好酒，他便喝酒。我好戏，便好好听那评弹。

　　再次阅读车前子的《苏州慢》，看着那些似是嫌弃苏州、吐槽苏州的文字，不由得会心一笑，想起汪老那一句"他乡咸鸭蛋，我实在看不上！"借用一下，想来他人写的苏州，车前子是看不上的，才有了这本《苏州慢》。

　　若让我来写故乡，大抵是写不出几百万字的。许是我不曾远走他乡，许是我不够蕙质兰心，许是我还未老去，心中不曾生出这样又爱又恨的情愫。

捧读枕边书

我有许多的书，放置的不规整。《新华字典》《古汉语常用词典》等工具书堆叠在书桌上，每每自己看了那一处乱象，总能想起纪晓岚书斋上的那一副对联"书似青山常乱叠，灯如红豆最相思。"我这书房，倒也是应了这副对联的上半截儿。

冬日寒，晚上便不再去书房读书，只是赖在床上静静看书。临睡前，不宜读小说，小说故事高潮迭起如壮阔波澜，一本小说读下来，心灵好似经历了一场波澜起伏的长途跋涉不说，读到一半舍不得放下，等到读完却已天光乍明，明明是为了一夜酣睡，最终却适得其反，生生熬了个夜。临睡前，也不宜读诗歌，字里行间的情绪太激烈，控诉、呐喊、无声的哭泣，愤怒的、幽怨的、喜悦的……总觉得心神一凛，瞌睡全无。

是以，我的床头柜上只放了两本书，一本是林清玄的散文集，一本是李笠翁的《闲情偶寄》。

林清玄半生坎坷，字里行间却从无辛酸，笔端流淌皆是希望于温柔。他的文字如初春抽芽般润泽，在睡前阅读是极恰当的。清雅疏朗的文字，正好滋养疲惫了一天的心灵，这一刻静谧、安宁。不论是夜归的喇叭丧乐手，还是市集卖菜的小贩；不论是父亲种的番薯，还是山间野生的百合；不论是舌尖品尝的五味，还是阳光赋予皮肤的不同感觉，他都用一颗敏感纯真的心去感受去体会。是以，他眼中——花，鲜艳；月，皎洁；风，温柔；自然，博大……乃至人性，亦满是芬芳。就好像他说过的那句"以清净心看世界，以欢喜心过生活，以平常心生情味，以柔软心除挂碍"

一样。

《闲情偶寄》的作者李渔，不仅是一位多才多艺的才子，更是一位生活中的性情中人。他以审美的眼光穿透日常生活的细节和场面，举凡服饰、妆奁、居室、花木、厨艺等，点化成了充满情趣的人生场景。文字十分活泼有趣儿，起笔就来"予生平"如何如何，娓娓道来中都是他的生活感慨，很有与其对话的感觉。每每翻读此书，总觉得这个老头儿过分可爱了一些。他真真是一派末世文人的风骨，写了生活百态，在他的字里行间全然感受不到明末清初社会萧条，倒是让我常常想起京剧《空城计》那句唱词：我本是卧龙岗散淡的人，凭阴阳如反掌保定乾坤……

时常想，若要选一个最懂生活的文人，我该选谁？沈复、文震亨、李渔、袁枚、汪曾祺、林清玄……若文人懂生活，那柴米油盐样样都如诗。

人生在世，需要一点高于柴米油盐的品相。

枕边书，睡前读，在柴米油盐、烟熏火燎里，等一片诗意入梦！

岁寒烹茶慢读书

冬天大概是最适宜饮茶的季节了。

岁寒，取消了一切工作事物，只窝在家里不出门。不远处的小山上峰峦积雪，静谧而安详。房前的大部分植物的枝叶已凋谢殆尽，唯有一小簇竹子依然苍翠，但已然没有夏时的茂盛。屋后一小片松树林还在默默坚守着，点染出一方浓绿的风景。

我坐在窗前烹茶。茶碗选用前些日子刚购入的色泽艳丽的红釉窑变小盏，本是小巧朴素的普通物件，却在这寒冷天气里让人觉得温暖又宜人。平日里饮茶，总免不得计较茶汤的色泽、香气、滋味和气韵。今日，看看窗外的雪，只觉得心头轻松，竟是做到了单纯地烹茶、饮茶。

茶叶经过烘焙，只剩下干枯叶片。水沸的那一刻，茶叶似乎又复活了。风的声音、水的声音、鸟鸣的声音、蝴蝶翩翩起舞的声音……竟是充盈小小盏间。不必苦苦寻觅，暖融的阳光、清澈的天空都在这一盏茶里。这大抵便是"若是心头无挂碍，天天都是好时光"吧！茶汤的真实滋味应该如此，在我们每个人的心里。天地因雪白头，房前屋后终有几许绿意点染我心头，感受与这时节不相符的蓬勃，温暖心坎。

有茶，必然有书。

此时，该读一些闲书，一些无关治世经济抑或道德人心的娴雅之书，定觉十分亲切有味。《禅食慢味》是不错的选择。宗哲和尚以自身的禅僧日常生活，以及曾为云水僧的饮食生活经验为基础，以说故事般亲切的语调，抒情的文字，在本书中娓娓诉说一道道他认为是天地恩赐的精进料理。

　　我曾在日本旅居过一段时间，了解日本人对季节的敏感和对生活细节的注重是他们的民族特性之一，他们特别珍惜生活中的每一天每一时乃至每一件琐事。而在我们过往的生活经验之中，貌似生长周期慢的食物口感更为精彩一些，比如东北的大米，生长周期慢，一年一熟，特别的香；而海南三季稻口感就远不及东北大米，若是做了粥，"柴"得不行。我想：宗哲和尚在书名里面放了一个"慢"字，大概也是这个意思吧。

　　这样一本处处流露出娴雅之情以及对大自然的欣喜之意的闲书，却在这样一个冬日实实在在打动了我。过往，我太计较"茶汤四相"便生出了执着，以至于总是找不到饮茶时的愉悦心情。今日闲散，慢悠悠随意而为，茶汤滋味竟是十分奇妙，舌面甘滑，三盏饮罢，后背微汗津津，令人欣喜、愉悦。

　　窗外，阳光漫过山峰，明明亮亮。

　　窗前，茶盏里琥珀色的茶汤幽深而温暖。

　　我持一卷书，伴着雪、伴着茶，慢慢读。

女儿酒，女儿茶

　　江南有一种酒，称为"女儿红"。据说是在家中女儿出生后，父亲便会酿制黄酒数坛，埋于庭院香樟树下，等到女儿出嫁时，锯了香樟树给女儿打一应嫁妆家什，挖出"女儿红"宴请宾客。女儿从呱呱落地到出嫁，二十余载，树已长成，香气持久，防虫且不易变形；酒已酿成，滋味醇厚，煞是好喝！

　　我是江南女儿，从小听着这样的传说长大。庭院中的香樟树亭亭如盖，只是父亲说当年并没有埋酒于树下。父亲是没有什么浪漫细胞的人，瞥了我一眼，说："一坛酒埋了那么二十几年哪里还能是酒水，凝成浓稠的一团，哪里还能喝，闻一闻就该醉了。"似乎也有几分道理。

　　后来途经绍兴，见到处都是卖黄酒的，才知花雕就是女儿红，女儿红就是花雕。家中有了女儿便酿酒，待女儿出嫁时启封开坛，谓之曰"女儿红"；如若女儿中途夭折就叫作"花雕"，只是年份不同罢了。酒坛子刷了一层朱红的，叫"状元红"；酒坛上面雕花的，叫"花雕"；酿酒原料和雪花一样是白色的，叫"香雪酒"……

　　饶是如此，我依然觉得心中是有些遗憾的。直至偶然在《红楼梦》中读到这么一段——第六十三回，林之孝查夜经过怡红院，只听见宝玉说："今儿因吃了面怕停住食，所以多玩一会子。"林即对袭人说："该沏些个普洱茶吃。"袭人忙笑说："沏了一盅子女儿茶，已经吃过两晚了。"

　　大抵是心内对于"女儿红"还有些执着，"女儿茶"三个字一下子印进了脑子里。

171

女儿茶，香港称为"白针金莲"，是普洱茶中的极品。

"白针金莲"是云南普洱茶的一种，属于普洱熟茶。这四个字代表着茶形色味——白毫、针芽、金色、荷香。茶青是细嫩芽制成的，其细嫩程度不亚于碧螺春极品，一芽一叶初展甚至独芽，渥堆二成熟呈深红色，外形极小巧精致，柔情女人茶，如知性又纤细的成熟女子，韵味天成。现如今，"白针金莲"已成为了普洱收藏家们的最爱之一，市场上难得一见。

我与父亲说："我出嫁时就没有女儿红，那如今我想收一饼女儿茶也是合情合理吧？勉强填补心中遗憾。"

父亲依旧是瞥了我一眼，道："就你瞎讲究！那也就是个名头，要我说啊，女儿孝敬我的酒就是女儿酒，女儿孝敬我的茶就是女儿茶。"得，您是老父亲，您说的都对！

女儿，大抵是所有父亲这一生命中最大的"劫难"。捧在手心，如珠如宝地培养成一朵花的模样，却要亲自将她的手交给另一个与她相伴到老的男人。父亲心中担忧娇惯长大的女儿会不会受委屈，却不知该如何问出口。只能从女儿每次回家来时捎带的东西去揣测——哦，有酒有茶，应当吃喝不差。父亲的心也就安定了。

女儿酒，就是女儿买给父亲喝的酒；女儿茶，就是女儿买给父亲喝的茶。

父亲是一个没什么浪漫细胞的人，却把一腔温柔给了女儿。

谈一场冬日风事

今日，风大。

未曾好好赏一番秋色，凛冬已至。树上还残留着几片蔫蔫的叶子，那是秋色最后的倔强。落叶被风卷起，在空中打了几个旋儿又复归尘土。

你看，是风啊，它一寸寸把秋色收进自己的口袋，又推搡着冬日前来。它从海上吹来，路过山间的峡谷；它乘着雄鹰的翅膀，躲进了闪电的缝隙里；它在太阳身后探出脑袋，肆意而狂妄……

冬日的风，细，像针，逮着缝儿就能从衣服的袖口、领口缠上你，冷得人哆嗦。

冬日的风，烈，像酒，是清雅甘冽的老白干，敦敦实实的一埕酒，敬献予你。

冬日的风，莽，像兽，困于这天地，不分昼夜地悲鸣，诉说着岁月的恩赐与无情。

在这样的风里，我却渐渐觉得时光漫长，心无比寂静。寂静浓时易醉人，本以为淡忘的往事在此刻涌上心头，脉络清晰。是时候回故乡去寻一寻记忆中那个满脸写着人间烟火的你，再回味一番旧时的世情风俗。

一路上，陪伴我的除了那无处不在又无处可寻的风，还有木心的书。木心在书里写：你再不来，我要下雪了！

我的故乡是人人都说好的江南，记忆中那里的冬天如小女子一样喜欢耍性子，看着是一个眉目温婉的薛宝钗，骨子里却是一个咄咄逼人的王熙凤。没有冰雪裹挟，没有寒风凛冽，却让人从骨子里觉得冷。即使如此，我还是想去寻你，与你烧旺炉火，饮一盏岁月，唱一曲往事。

故乡，很远，也很近。我携风而来，我尚在村口踌躇，它已一溜烟进了村子。它摇撼道旁的树，拥抱屋顶的瓦，在檐下翩翩起舞。这里的一山一石，一草一木，一人一物让我觉得无比亲切。

循着记忆，穿过仄仄小巷，叩响门上的环。

我不请而来，你眼角眉梢透着喜悦，小火炉火烧得极旺，炉上温着自家酿的土制美酒，你我围坐炉边，说起柳岸荷塘、说起乌篷船摇曳水上、说起那弹着琵琶的说书人……言笑晏晏，一如当初。

世间纵有千灯万盏，终不及今晚这一盏炉火。炉火闪烁，你却明朗如日光倾城。

嗨，最好的少年，别来无恙。

浮生梦回

　　朦胧中，做了一个光怪陆离的梦。

　　我看见了李白，那个钟情于明月、独爱美酒的李白。一袭白衣，负手站立船头，乘舟将欲行。他来得随性，走得洒脱。只是想起未曾与出门办事的汪伦好好道别，心中终有几分遗憾。他转头与艄公说道："开船吧。"艄公应了，忙去解绳索。这时，汪伦提了美酒，领着一群村人踏地为节拍，边走边唱而来。两位老友再见面相视一笑，索性就在船边把酒言欢，以此钱别。一个是"劝君更尽一杯酒"，一个是"一杯复一杯"，酒酣耳热，友谊情浓。此生，相见于江湖，亦相忘于江湖。

　　一个错眼，李白豪迈的朗笑声还在耳畔，场景忽换，眼前已经是稼轩一人独饮。这是一个不眠之夜，油灯里的油所剩无几，灯影摇晃，夜又深了几分。此时的稼轩已经有些醉了，他站起身，如灯影摇晃，拨了拨灯芯，他想借着这光，再好好看一看那把陪伴他征战沙场的宝剑。他渴望重上前线，渴望挥师北伐，渴望建功立名！他抱着他的宝剑睡着了。我看到了他的梦——他在猎猎秋风里，敲响战鼓，检阅兵马，即将出征……

　　我追随而去，只是双腿终究跑不过奔腾的战马，半道上跟丢了。有人在不远处饮酒，你斟我酌，兴致飞扬。推杯换盏，有人敬酒，有人推辞，又有人劝道："怕什么，醉就醉了，醉卧沙场君莫笑。"众人齐声道："古来征战几人回？"声音朗朗，气壮山河，一种视死如归的悲壮豪情。战场无情，大家早就将生死置之度外了。今朝有酒今朝醉，酒醒上马征天下。

陆续有人喝醉，见状，我忍不住喃喃念道："沙场……天下……"耳畔突然传来慷慨激昂的振臂高呼："莫等闲，白了少年头，空悲切！待从头、收拾旧山河，朝天阙。"凌云之志盖山河，丹心一片出肺腑。我心神一凛，热血沸腾，心绪激荡。若是空将青春消磨殆尽，也只能老大徒伤悲了。好男儿就应该抓紧时间收复旧日山河，为国建功立业。生死又何惧？"生当作人杰，死亦为鬼雄"，是谁？又是谁？是她！竟然是她！那个曾经沉醉不知归路，误入了藕花深处的女子。她纤弱无骨之手下是力透纸背的词句，娇柔无力之躯下竟掩藏了这般凛然的风骨、浩然的正气！敢问如此须眉，世间有几人可以匹敌？

　　是南柯？是黄粱？终归只是一场梦，于困倦间来袭，荒诞不经，却趣味盎然。醒时，手畔还是那卷诗书罢了。

岁末清供

　　年末，一切节奏都慢了下来。整日里除了喝茶、读书竟再无其他事情可做了。索性翻出几本旧书来读，读到汪曾祺的《岁朝清供》忍不住又一次抚掌而笑，那个将青蒜与萝卜清供在家里随性而为的人依然让我心生羡慕。

　　"清供"对于现在很多人来说似乎是个极其久远的词，像是一件雅致的藏品，散发出清寂、久远的质感。汉唐以来，琴棋书画诗酒花等雅趣的事情都慢慢融入了百姓的生活。岁月变迁，历史发展，后来就形成了各类民俗，也就是我们现在所说的"岁末清供"。比如，在茶桌上设一盆水仙，盆里放几枚色泽形态都可赏的石子，浅浅一泓清水，淡淡几许幽香，这才能叫"清供"。若是买一盆水仙随手搁在家中，那只是一盆绿植罢了。这便是生活中的美学吧！说白了，清供的目的就是发现生活中的趣，增添生活中的趣。

　　水仙、梅花这类浅浅冷香的花卉是我最喜欢的岁末清供花卉。它们不像百合、玫瑰，越热越香，香气一股脑朝着你扑去，热情得像扭动腰肢的吉普赛女郎。水仙、梅花的香气里藏着不易察觉的凛冽，冷静自持，让人能够感受到生活的清静，体味到世事的清闲，觉悟到心底的清澈。

　　另一件我常常用作岁末清供之物的物品是佛手。佛手的样子极好，好像天生就是要人供在那里一般。佛手也香，只是这份香透着清寒苦涩，与桂花那种铺陈开来一大片一大片的扑鼻之香不同。它是细细一股，细细一股，你要细细去寻，如同寻一个清鲜之境。

友人与我不同，喜好供石。据说苏东坡谪居黄州期间，喜好当地长江边的黄州石并亲手搜采了一些，并用饼食与村童换了一些，以古铜盆盛清水以养，并寄赠庐山好友佛印和尚以及参寥子作供。想想苏东坡嗜石成癖，又写下了前、后《怪石供》，以石头作供，倒也说得过去。

　　我赠了友人几只柿子，友人欣喜之余，装了白净的盘子摆在案头以作清供，说是要向新年讨个"事事如意"的好彩头。而我，案头清供亦是日日不同。昨日是从海边捡回来的海螺，喝茶的时候听听海的声音；今日是友人送来的一只南瓜，红彤彤的，笨拙又朴实，仿佛带着田野的气息；明日想摆一盘子苹果……

　　清供，说到底，是为自己的心灵扫一扫尘埃，供出一份清静！

第五辑　看尽长安花，归来仍少年

那只站在原地的蚂蚁

仿佛是一瞬间，父亲就老了。

幼时，我家在一个偏僻的小村子里，四周风景很好，只是上学实在不方便。父亲舍不得我每天走一个小时的路去学校，便凑钱买了辆摩托车。每天早晨，父亲都会大手一挥，道："闺女，上车，走！"然后"突突突"地把我送到学校，看我进校门。放学的时候又在校门口等着我，"突突突"地把我载回家。

上中学，我学会了骑自行车，闹着要自己骑车上学，父亲沉默了许久，同意了。父亲带着我去挑了一辆小巧轻便的自行车，我喜不自胜。谁知第二天，我前脚刚骑车出门，父亲后脚就骑着他那辆不知道从哪里淘换来的二八杠旧自行车慢慢悠悠地跟在我后面。从此，摩托车的"突突突"声再也没有响过。

高中毕业那年，村子里修了路通了车，去哪儿都很方便。

烈日炎炎，邮递员送来了录取通知书，父亲捧着通知书坐在门口长吁短叹，愁眉不展。我终究没有顺他心意考本市的大学，我要去外省读大学了。

日子就像长了脚一样跑得飞快，父亲再不愿，我终究是要离家。

还记得离家那天，我刚要伸手拿背包，父亲就往我手里塞了两个白煮蛋，随后一把拿起背包甩上了自己的肩膀，还像当年骑着摩托车送我一样豪气干云地挥手说道："闺女，走！"跟在父亲身后的我发现，父亲的背有些弯了。

也许是行李太重，也许是别离太沉。

一路上，父亲一遍遍交代我路上看好行李，在外不要省钱，要好好吃饭。上了火车，放好行李，父亲索性一屁股坐在我对面的椅子上，小心翼翼地和我商量："要不我不下车，我补个票，直接送你到学校吧？"我不依："爸——"父亲一步三回头地下车。

火车缓缓动起来的时候，我趴在窗上看父亲，父亲同我挥手，我不敢有动作，生怕自己一下子哭出来，只是默默看着。父亲的身影在视线中逐渐变小，最后变成了一个小黑点，像一只小蚂蚁，被留在了空旷的站台上。

后来，我工作了，因为工作关系，常常会天南海北地飞。有一次，父亲突然问我："你在飞机上往下看，人是不是只有蚂蚁那么大？"我虽然不解父亲为什么这么问，但还是很认真地回答了："根本不可能看到人，房子都只有蚂蚁那么大。"父亲听了，叹了口气，不说话了。母亲偷偷告诉我，每到我回家的日子，父亲就算着时间搬个凳子在院子里看天，有飞机飞过就站起来挥手。母亲笑父亲像是个傻子。父亲梗着脖子说道："万一闺女一低头正好看到呢？那得多高兴啊！"

时至今日，我在飞机上总是习惯性地要往下看一眼，我知道在家乡的小院子里，我的父亲，一直在等我回去。

世界再大，总要回家，因为家里有爸！

秋虫趣

一叶落，秋天就来了。

叫了整个夏天的蝉忽然悄无声息，安静了整个夏天的秋虫便出来鸣叫了。在田野里，在草丛中，越是在潮湿阴暗的地方，它们的鸣叫声就越欢畅。

我在孩童时期极喜欢昆虫，常常循着这悦耳动听的鸣叫声去田埂、滩涂找寻它们的踪迹，捕捉以后将它们养在火柴盒和罐子里，观赏、玩耍。

秋日里，蛐蛐儿叫得最欢腾。蛐蛐儿，学名蟋蟀，是一种古老的昆虫，至少已有 1.4 亿年的历史，是古代和现代人们玩斗的主要对象。古时，孩童多在茫茫夜色中兴致高昂地打着灯笼去寻找蛐蛐儿，所以才有了那句"知有儿童挑促织"，这"促织"，指的就是蛐蛐儿。而我，通常在晚饭后就抱着玻璃罐子出门了。

树丛中、草窝里、田埂上……感觉蛐蛐儿无处不在，它们在这个季节的每一个角落都留下了热闹的痕迹。

"唧唧、唧唧……"

听到这个叫声，我停下脚步，侧耳倾听，屏声敛气，绝对不能吓跑了这些秋日里的小精灵。发现目标，五指并拢就是一张"天罗地网"，整个身子以迅雷不及掩耳之势扑过去，一抓一个准。蛐蛐儿就在我的"天罗地网"里，我可以清晰地感受它的挣扎、反抗。如此鲜活、生动的触感瞬间填满了孩童简单的快乐，哪怕啃了一嘴带着泥的杂草，也是乐呵呵的。

天边绚丽的晚霞，空中飞过的鸟雀，风中摇曳的野草，在此刻又可爱了几分。

我不贪心，每回只抓一只蛐蛐儿。蛐蛐儿好斗，若两只放在一个罐子里，就会立起身子展开格斗，一直斗到一只遍体鳞伤、缺脚少腿地败下阵去，另一只才肯罢休。我将这玻璃罐子放在床边，夜深人静，月华如水，听着那"唧唧、唧唧……"的欢叫声，别提多开心了。

偶尔也能逮到金蛉子，它的声音清脆，音色如铃，只是它在白天叫得欢，到了晚间，蛐蛐儿叫声一起，就辨不出它们的位置了。

蛐蛐儿在罐子里没几日就变得蔫头耷脑，喂南瓜花也不吃，喂新鲜的菜叶也不吃。我心生不忍，只好把它放回田野里。只是没有了它们的欢唱陪伴，日子就特别无趣，一点儿也不热闹。于是，我忍耐不了几日就又会去抓一只回来，养上两三日，再放了。如此周而复始，直到秋日结束。

如今，秋虫大势已去。且不说城市里高楼大厦林立，在乡下想要抓一只蛐蛐儿也并不容易。倒是在老菜场门口经常会有一位老人家卖蛐蛐儿，蛐蛐儿在竹编的小笼子里欢唱。

我驻足，流连，问老人家："这买回去怕是养不了多久吧？"

老人家手指灵巧，没多久一个小笼子就编好了，他笑着对我说："一个季节就有一个季节的玩意儿，图个趣儿。"

在月亮下罚站

江南的弄堂长且窄，我每天风驰电掣地从这头跑到那头，又从那头跑回这头。尽管一天跑了几十个来回，但到了晚上睡觉时，我依然精力充沛，不愿意闭眼睡觉。母亲便吓我："你若是再不闭眼睡觉，就去院子里罚站。"我一骨碌就下了地，冲出房门，跑到院子里头站着。

身后是母亲无可奈何的声音，"你这个小囡……"

"姆妈，"我笑嘻嘻地喊，"月亮上面有什么呀？"

母亲没好气地答："有什么？有个不听话的小囡。"

"不听话的小囡在月亮下罚站呢，可不在月亮上面。"我捂着嘴偷乐。

母亲瞪我："再顶嘴，小心我拿小竹条儿抽你。"

我瞬间觉得屁股有些疼了，赶紧双手捂紧屁股，道："我哪里调皮了？我就是睡不着出来看看月亮。我姆妈才不会抽我呢。"

这样的对话，久则三天，短则隔天就得来一回。

后来，我读书、工作、结婚、生子，生活按部就班又井然有序，只是常常遗憾没有时间回家小住。恰逢工作调动，突然得了半个月的闲暇，便带上年幼的女儿回家了一趟。

女儿四岁，文静、乖巧，性格脾气完全不肖我。许是换了新的环境，她在床上翻来滚去就是不肯睡觉。我哈欠连连，困得眼泪都要下来了，没好气地说道："你若睡不着，便去院子里看看月亮吧。"

身旁没了动静，我眼皮耷拉下来，昏昏欲睡。

不过片刻，就听到院子里传来熟悉的声音，"哦哟，我的宝贝囡囡啊，怎么站在院子里啊？是不是你妈让你来罚站的？你等着，外婆找根小竹条儿去抽她。"

　　我又觉得屁股有些疼了，忙下床去了院子里。看到母亲正在掂量比较哪根小竹条儿更趁手，暗暗松了口气，朝女儿使了个眼色，道："姆妈，囡囡换了地方睡不着，出来看看月亮。"

　　母亲啐了一口，道："我还不知道你？小时候你不肯睡觉，我就罚你站，你现在是有样学样罚囡囡站。哼！"

　　"城市里月亮都迷迷蒙蒙的，来了乡下不得多看看这个又大又圆的月亮啊。"我一把抱起女儿，道："囡囡看到月亮了吗？"

　　"妈妈，月亮上面有什么呀？"女儿第一次看到这么清晰的月亮，兴致勃勃。

　　不等我回答，母亲已经说话了，"月亮上有什么不知道，月亮下有一个不听话的小孩抱着一个乖巧的小仙女。"

　　女儿一听"小仙女"，捂着嘴偷乐。

　　"月亮上面啊，有嫦娥、有桂花、有兔子。"我缓缓说，"嫦娥是一个很漂亮很漂亮的仙子，就是有点凶，总是拿着小竹条儿说要抽兔子……后来，兔子生了小兔子，她们一起采桂花做桂花糕吃……"

　　我开始"胡编乱造"月亮的故事哄女儿入睡。

　　"妈妈，嫦娥为什么要拿小竹条儿抽兔子？"女儿问。

　　我瞟了一眼怒目圆睁的母亲，微微一笑："因为兔子太调皮了，总是不听话。"

　　"可是小竹条儿抽在兔子身上，兔子会疼的呀。"

　　"那你说怎么办呢？"

　　女儿笑弯了眼，凑到我耳边轻声说："让兔子去月亮下面罚站。"说完，捂着嘴，乐不可支。

　　"那就让兔子带着小兔子一起去月亮下面罚站。"我刮了下女儿的鼻子。

　　"小兔子听话，小兔子不去……"

请你为我鼓掌

她进来的时候会议已经开始了。

台上新入职的老师正讲到慷慨激昂处，见有人推门进来，愣了一下复又继续眉飞色舞地继续。我转头，看向来人——利落的及肩发，大碎花连衣裙，优雅有风度，年纪不太好猜，可能四十，也可能五十。只是我看着她，总有一种莫名其妙的熟悉感，不由自主地多看了几眼。

她在后排随意找了张位子坐下，撩了下滑落到脸颊的碎发，似乎是注意到了我的目光，对我微微一笑，打了个手势，示意我专心开会。

我是最后一名上台试讲的新老师，因为准备充分，讲完以后收获了许多掌声。我暗暗长舒一口气，心头的大石总算是放下了。今天是我到这所学校就职的第一天，我想给大家留一个好印象，更想成为一名优秀的教书匠。

主持新老师培训会议的老师说："下面，让我们用热烈的掌声欢迎凌校长上台讲几句。"

凌——这个姓……

电光石火间，我知道那种莫名其妙的熟悉感从何而来了。

我出生在一个小村庄，偏远，落后，人少。村口有一所学校，学校有 5 间教室，3 位老师，18 个学生。我是其中之一。

迫于现实条件，学校只能把两个年级放在一间教室里。语文老师常常是带着我们读完课文，划好词语，就让我们抄词语，她再带教室里另一个年级的学生读课文。家长们也不在意，反正孩子能识字就行。

她是什么时候来我们学校的呢？好像午睡睡醒，一抬眼便看到了她，好像她一直在那里一样。

我只记得那一天的阳光很灿烂，她笑得更灿烂。

她接手了我们教室的语文课，给我们讲唐诗宋词的美好，教我们记录生活中的一切。她甚至带着我们把堆在储藏室灰尘满满的电子琴搬回教室，一有空就弹着琴带我们唱歌。那时候的时光可真快活呀！

她带我们去放风筝踏青，带我们去秋天的田野触摸丰收，带我们在雪地里打滚……直到有一天，她说："孩子们，我要走了，我要回我原来任职的学校了。"

班级里最淘气的孩子哭得最凶，只有我咬着唇，忍住了眼泪，对她说："我以后想做老师，做一个像你一样有光芒的老师。"

她摸了摸我的头，蹲下身子，十分认真地对我说："谢谢你觉得我是一个有光芒的老师，等你成为老师的那一天，我会为你鼓掌。加油！"

年幼的我天真地认为世界很小，只有两所学校，一所是我的学校，另一所就是凌老师的学校。为此，我一改怠懒，努力读书。成绩越发好，心却渐渐慌了——原来在小村外，竟有那么多学校，哪一所学校里才有凌老师呢？

考上师范大学后，我曾有过去寻访凌老师的念头，我想告诉她：你看，当年那个小丫头四年后也会变成老师，会努力做一个有光芒的老师，你还记得要为我鼓掌吗？可是，我并不知道她从哪里来，根本无从寻起。

在我踏进这间会议室的前一刻，我还在和自己说：你要做一个有光芒的老师，这样，凌老师才可以循着光看到你。

"其实，今天在座的新老师中，有一位是我多年前的学生。"凌老师站在台上，依旧光芒万丈，"我曾和她约定，在她成为老师的那一天，我会为她鼓掌。同时，我也将我的掌声送给各位老师——因为，教师，是必须要有热爱才能做好的职业。感谢你们选择成为一名教师，未来的路必定很辛苦，但也是光芒万丈！"

那一刻掌声雷动。

在我正式入职成为一名老师的这一天，我遇到了心心念念的凌老师，她为我鼓掌了！

我看见你了

孩童时，我常常与小伙伴躲猫猫。小伙伴藏得严严实实，我四下寻不到人，只得站在空地上大喊："我看见你了，你快出来吧。"如此的虚张声势，也总是能诓骗出来一两个人。

少年时，我是班长，自习课要坐在讲台上管纪律。同学们稍有风吹草动，我就吼一声："我看见你了，自习课上不要发出声音。"瞬间安静，收效甚好。

青年时，我惦记上了公司那个眉分八彩、目若朗星的俊朗同事，没事就凑过去搭讪一句："我看见你了，你午休的时候是不是在玩游戏？"我与少年逐渐熟稔，却最终处成了哥们儿。

似乎，每个时期，我都在与不同的人说这句话——我看见你了。直到我的数条朋友圈都被同一位朋友回复：我看见你了。

曾经的我，没有看到藏起来的小伙伴，没有看到说悄悄话的同学，也没有看到打游戏的同事，只是虚张声势而已。而他，与我相隔半座城，显然连虚张声势唬我都是不能够的。

我突然意识到，他的"看见"与我的"看见"并不相同。

我用肉眼看，他用心眼看。

细细翻了下朋友圈，他回复了这句话的多是我记录写作成绩的内容。

时值中年，工作、生活琐事缠身，没有一项是轻而易举的。读书、写作的时间全靠一点意念硬撑着熬。有时候，结束当天工作已经是凌晨，想着今日还未读书，眼皮打架的同时只能在心里默背《黄庭坚文集》：一日不读书，尘生其中；两日不读书，言语乏味；三日不读书，面目可憎。

写作上亦是如此。

就这么吊着一口意念之气，也算是硬生生撑下来了。

朋友这一句"我看见你了"大抵就是说他看到了我的成绩，又从这份成绩背后看见了我曾经的付出与努力。

法国哲学家萨特说："真实和虚构是一回事，为了感受热情，必须假装热情。人们教导我，我们在世上是为了互相演戏……我总是在扮演一个'不真实的主角'。"

很多时候，你们看见的我，是你们心中愿意看见的我：积极、热情、文采风流。而另一个几十年如一日坚持阅读与写作的我只得悄悄躲藏了起来，就好像孩童时期躲猫猫的游戏一般，藏得严严实实。

直到听到那一句"我看见你了"，这个躲藏起来的我长长舒了一口气。

不用藏着了，真好。

不用扮演那个不真实的我了，真好。

我希望你、你们都能看见真实的我——不够积极、不够热情、才华有限，但始终在默默努力的那个我！

老阿公的背影

江南水多，桥多，船多。

年幼时，我家后门就是一条小河，河对岸就是外婆家。

小河很小，窄的地方只能过一条乌篷船，所以河里来来去去的，也就一条乌篷船。

摇船的是一个皮肤黝黑的老阿公，会讲很多故事。所以，就算我家旁边就有一座桥，我也不愿意过桥去外婆家，总是蹲在河岸边等老阿公经过。

"小囡，又去外婆家啊。"

老阿公笑呵呵地停船，伸出一只手给我。

我握住他伸过来的手，借力使力地跳上船，船身轻轻晃动，水面漾开一圈圈波光。

"是啊，是啊。"我熟门熟路地在船舱找个位置坐好。

如果蹲在老阿公的旁边，是会被责骂的。他不允许孩子留在船头船尾，说是怕被水鬼看上了拖了去。

船上总是有很多小孩子，即使没有故事听，看鸬鹚捕鱼也能消磨大半日的时光。老阿公也不嫌我们烦人，倒是经常给我们讲《西游记》，每次讲到唐僧被妖怪抓走时，总是会告诫我们："你们这群皮猴子啊，可不许靠近这河，这水里可是有妖怪的，妖怪最喜欢小孩子了，小心把你们抓了去。"

听了这话，胆子小的脸色惨白，手紧紧抓着衣角，眼泪汪汪，泫然欲泣，仿佛下一刻就有妖怪要来水里冒出来抓小孩。

也有那胆子大的，常常会不依不饶地顶上那么几句。

"我又不是唐僧，妖怪只喜欢唐僧。"

"就是就是。"

"妖怪来了我们就一起打死他。"

"我们这么多人，妖怪才不敢来。"

吵吵嚷嚷，好不热闹。

每当这时，老阿公总是转过身，沉默不语地摇船。

后来，奶奶告诉我，老阿公以前是在外面上班赚大钱的，但他儿子上中学时在河里游泳淹死了，那之后老阿公就回来了，买了条船每天在河上来来去去，怕再有孩子落水没人看见不能及时救起来。

那时我还小，对很多事情都似懂非懂，并不能够感受到老阿公的伟大，反而对河里是不是有妖怪这件事产生了高度的热情。

如果没有妖怪，那老阿公的儿子是被谁抓去了呢？

如果有妖怪，那老阿公的儿子是唐僧吗？不然妖怪为什么要抓他呢？

我和几个小伙伴一商量，看在老阿公总是给我们讲故事的份上，我们要知恩图报，所以，我们要去抓妖怪，救回老阿公的儿子。

在一个夜幕渐沉的傍晚，抓妖怪小分队集合了。我带了一把小铲子，那是我春天跟着奶奶挖荠菜时的工具，我觉得很好使，我暗下决心，如果遇到妖怪，我要把它像荠菜一样挖掉！

可恨的是，我们在河岸边蹲到天黑被各家父母拎回家，妖怪也没有出来。

一定是见我们人多，怕了我们！

怎么让妖怪出来呢？这又成了一个大难题。

有小伙伴说用鱼竿钓，有的小伙伴说用渔网网，也有小伙伴说他问过大人了，这个妖怪是要到每个月的十五才会出来抓小孩的……

众说纷纭。

也不知道谁把这事儿告诉了老阿公，老阿公红着眼眶挨家挨户给大人道歉，说不该给孩子们说河里有妖怪，惹得孩子们总往河边跑，不安全。又一再和我们强调，河里没有妖怪。

"那你儿子被谁抓走了呢？"小伙伴没有忍住，问了出来。

老阿公哭了，泪无声地流了下来。

后来，我们都知道了，老阿公的儿子不是被水里的妖怪抓走的，是游泳时腿抽筋溺水了。不管是我们轰轰烈烈的"抓妖怪行动"，还是"你儿子被谁抓走了"这么直白的问题，都是往老阿公心里的伤口上捅刀。

那天，老阿公蹒跚而去的背影，分外萧索。像足了一个没有依靠的孤寡老人，没了往日的精神气儿。

后来，我离家求学，家里也面临拆迁，再也没有见过老阿公。最后的印象就是那个背影，那个让我多年后依然觉得怅然、难受的背影。

白墙黑瓦下的童年

有诗云：青砖小瓦马头墙，回廊挂落花格窗。梦里水乡芳绿野，玉谪伯虎慰苏杭。

江南的房屋矮矮的，白墙黑瓦，像一幅随意泼就的水墨画，静谧、写意。路旁的闲花野草默默生长，懒洋洋的，带着几分闲散。

我出生在这里，整个少年时期都在马头墙下来回。

谁家新燕啄春泥？

燕子在屋檐下叽叽喳喳好不热闹。东一簇西一簇的迎春花随意伸展着它的枝条，慵懒又生机勃勃。

女人们在屋子里猫了一个冬天，像是约好了一样，纷纷抱上木盆，去岸边洗衣服。衣服摊平放在石板上，拿着木棒槌一下又一下、不紧不慢地敲打着，发出有节奏的"咚咚"声。随风吹来的，还有张家长李家短的闲言碎语。

脱了棉衣的小孩儿欢快地在青石板上跑过，笑闹着消失在拐角处。那已经铺上一层浅绿的田野才是他们的乐园。丫头们一手挎着小巧的竹篮，一手拿着小铲子，三五成群地聚在一起挑野菜。小子们在田野间奔跑、打滚，一旦不小心进入了丫头们挑野菜的地盘，就会被群起而攻之，驱赶。

年幼的我常常挎着小巧的竹篮出门，到了饭点，带着一篮子乱七八糟的野草回去。奶奶从不因此训斥我，总是摸摸我的头，笑眯眯地夸我两句。

这时的田野就是我们的天堂。我们在这里放纸鸢、拔茅针、挑野菜，玩得不亦乐乎。

只是，没多久，农田就要耕种，大人们便整日拘着我们，不允许我们再往田野里跑，怕我们糟蹋了粮食。

好在没多久就迎来了夏天。

村子里那些大大小小的池塘就成了我们的新宠。

河岸石阶边沿，随手一摸就能摸到一把螺蛳。拿个塑料兜，顺着边沿摸上几把，饭桌上就能多一道美味。

不用的蚊帐剪成正方形，用两根竹竿交叉绑住四个角，用一个长竹竿系住中心点就做成了一个建议的捕鱼网。悄悄放入小河里，你只管玩去，过个一小时再来收——一尺长的小猫鱼、青皮的大虾正在网中扑腾呢。油炸小猫鱼酥脆可口，香气扑鼻，让人垂涎三尺。是以，一到夏天，小河边几乎是三步一网。我们总是暗暗较劲，看谁收获最多。

天气再热些，就该钓龙虾了。每到这个时候，大人对我们特别宽容，但凡家里买了肉，一定会留两块给我们做龙虾饵。一根竹竿，一条绳，绑一块生肉，一个下午就能钓上满满一桶龙虾来。也有那运气不好的，钓竿拎起一看，竟是一条长长的水蛇，直接"啊——"一声尖叫，把钓竿往河里一扔撒腿就跑的。

见状，坐着大木盆漂浮在水面上采菱角的大人们也会忍不住笑出声，扯着嗓子喊一声："该！让你们天天惦记着吃龙虾。"

掰玉米、割芦稷、挖山芋……

整个夏天，我们忙得不亦乐乎，吃得满嘴流油。

秋风起，蟹脚痒。

这个时候，大人是万万不肯再让我们下河去的。说是一不小心，年纪大了会老寒腿。可是我们闲不住啊，我们馋啊，天天抓心挠肝地想上哪儿弄点吃的。于是，我们就瞄准了各家的院子。

房前都种着几棵果树，屋后就是自家的自留地，种了一些瓜果蔬菜。

柿子树上的柿子还青着，早就有小子蹿上树摘了尝了，实在太涩了，柿子树躲过一劫。

自留地里的番茄可就遭殃了，还没有成熟基本就被我们祸祸完了。酸就酸点呗，好过没得吃。

后来，大人们看得太严，也是被揍怕了，我们就放弃了偷番茄。开始打家里的山芋的主意。

在野外生个火堆，将山芋扔进去，估摸着时间把火灭了，从灰中扒拉出烤得黑乎乎的山芋。剥开外皮，一股甜香扑鼻而来。迫不及待咬上一口，烫得舌头不知道该往哪里放，又实在舍不得吐出来，只能长大了嘴巴吸气、吐气。再不行，原地蹦一蹦，总能觉得好一点。

吃完烤山芋，一定要记得洗脸洗手，否则回到家，大人一看就知道你没干好事，随手折根竹子就是追着撵着揍一顿。

天气渐冷，冬天来了，我们就不再爱往外面跑了。毕竟，外面也没什么能吃的了。

我们就盼着下雪，下雪可以堆雪人，打雪仗。

我们还盼着过年，过年可以放鞭炮，放烟花。

我们最盼着的，还是过元宵节。家里的大人也都有了空闲，拗不过我们的痴缠，就会动手帮我们做上一盏灯笼。一到晚上，我们就提着自己的灯笼在村子里跑，闪闪烁烁的光在马头墙下流动，像调皮的星星落入人间嬉戏，也像萤火虫在夜色中飞舞……

日复一日，年复一年。

踮脚才能够到大门上的铜环的我留在了童年。

如今的我，走在青石板上的每一步都稳重、踏实。

屋檐下的燕子窝还在，叽叽喳喳的燕子不知道去哪里了？河岸边已经没有聚在一起洗衣服的妇人。倒是田野里，依然还是充满了笑闹声，小孩儿们三五成群地聚在一起就觉得很快乐。放纸鸢也好，挑野菜也罢，哪怕只是单纯地奔跑……

小时候的夏天

立夏一过，天气渐热。似乎只是一夜的工夫，满城嫣红墨绿，蛙声雷动。

出门左转就是一片荷花池，池塘里已经生出了几片新的荷叶，零零散散地浮着，水波微荡，它就跟着涟漪颤悠悠地晃着。嫩生生的，看起来倒像是几个凝在水面上的翡翠盘子。

池塘对岸是一片桑田，低矮矮一片，密密麻麻，远远望去，那绿色层层叠叠在一起，浓得像是要滴下来。这个时节，正当吃桑葚的时候，不时有孩童的笑闹声从桑田里传来。只见树影晃动不见人，偶有几只飞鸟仓皇飞走，想来是想吃桑葚却被那些贪吃的顽童们毫不留情地驱赶了。

小时候，这样的时节，我也曾在那片桑田里横冲、攀高爬低地采桑葚吃。乌黑的桑葚，入口即化，直接甜入你的心坎。紫红的桑葚甜中带点酸，一边皱眉一边往嘴里塞。

似乎，小时候关于夏天的记忆，总是和味蕾有关。

早上睁开眼，匆匆喝了两口粥就往荷花池跑。在岸边找到昨夜睡前下笼子的地方，握紧绳子往上拉，一条"水龙"一边抖着水一边离开水面。费了一番力气拉上岸，这种长龙般的笼子是可以折叠的，略略整理一番，单手拎上或者两手抱着就往家跑。在家门口坐着，定定心神地开始从笼子里捡一夜的"战利品"。运气好的时候，笼子里爬满了龙虾、螃蟹。运气不好，也会有许多一指长的小猫鱼、青皮大虾被困在笼子里。

在乡下，做菜没有太多花样，简单又实在。龙虾就是红烧，小猫鱼

196

就是油炸，青皮大虾就直接水里灼一下。装菜的盆也简单实在，随手拿个大海碗，装碗就能上桌。

家里大人常常打发我们："去菜地里摘点菜来。"

"好嘞。"我们应得快，跑得更快。菜地里吃的可多了，黄瓜、番茄，偶尔还能在杂草丛中捡到野鸡蛋。摘了菜，顺手又摘了几个甜瓜一起带回家。

"去荷花池把菜洗了。"

"好嘞。"

我们提着菜篮子，一溜烟跑到荷花池，三下五除二洗完菜，就开始沿着石阶摸螺蛳。随手摸几把，就又是一碗好菜了。清蒸、爆炒，都能让人嗦得停不下嘴。若是家里有腌着的咸肉，切上几片薄薄的咸肉盖在螺蛳上一起清蒸，那味道真是鲜美得舌头都要掉下来，给个神仙都不换呢！

吃完饭，不忘将上午摘的甜瓜扔进水井里，呼朋唤友和一群小伙伴一起涌到村口小店，你拿一瓶汽水，我要一根棒冰，吵吵嚷嚷，像500只小麻雀聚集在一个小林子里说话，叽叽喳喳，闹得小店老板娘眉毛都要竖起来了，沉着脸赶人。我们才一步三回头地各自回家午睡。

折腾了半天，也确实累了，往床上一躺，就是一觉。睡醒，用吊桶将甜瓜从水井里捞起来，切开，去籽，咬一口，嘎嘣儿脆，又凉又甜，沁入心扉。

手捧甜瓜坐在树阴下啃得满嘴都是甜甜的汁儿，眼神却不安分地到处瞟：那是桃子树，已经挂满了小桃子，过一个月就可以吃了吧？那是柿子树，还得再耐心，等等，要秋天才有的吃。屋旁的一串红快开了，那花蜜可甜可甜了，到时候别忘了去嗦……

小时候的夏天啊，就在吃完这个等着吃那个的期盼中悄悄逝去……

旧屋

旧屋塌了，像一位年迈的老人咬着牙走到了生命尽头，复归尘土。

朱红剥落，蛛网遍地。曾经雕梁画栋，如今断垣残壁。老人们唏嘘不已。他们是看着这屋子一点一点建起来的：泥瓦匠笑呵呵地拿起第一块砖开始抹泥，木匠眯着眼举着雕刀在门窗上雕美丽的花，后生们喊着号子齐心协力将大梁安上……

它曾经是村上最漂亮的屋子。房前是花，屋后是树，左侧是小池塘，右侧是小菜园。

春天，来的最早的是那不知名的小草，在台阶缝里探出脑袋，懵懵懂懂地打量这个世界。这似乎是一个信号，万紫千红就在一刹那苏醒，整座城都透着生机勃勃。站在屋前向远处眺望，绵延的绿，深深浅浅，一直到天边。迎春花、月季花、郁金香、含笑……一个赛一个开得热烈。身畔是春天，远处还是春天，触手可及，触目可及！

夏天，小池塘里零散飘着几片荷叶，像凝在水上的翡翠盘子。用不了几日，荷花苞就冒出来了，亭亭玉立地站在水中央，像一位在水一方的伊人。蜻蜓飞过，点了点水，停在花苞上休息。青蛙游过来，一蹦跳到了荷叶上，荷叶晃动了几下，惊散了在围聚一起讲悄悄话的鱼群。

秋天，屋后的果树成熟了，鸟雀趁无人注意，悄无声息地落在树上，开始啄果子吃。一时忘形，忍不住又叽叽喳喳高谈阔论了起来。孩子们一听这声音，哪里还坐得住，呼朋唤友就往树上爬。鸟雀扑腾着翅膀依依不舍地飞走了，这又成了孩子们的乐园。这果子酸，那果子涩，即使吃到肚儿圆也没有吃到一个甜果子，依然快乐得像要飞起来。

冬天，雪一下，人就懒了，好在菜园子近，两三步路就到。揪几把青菜，抱一棵白菜，再顺手掐几根葱，加上厨房墙壁上挂着那块腊肉，一顿香喷喷的饭就这么成了。真真是让那些菜地不在屋旁的人嫉妒，吃一顿便摘一顿的菜，再吃再摘就是了，吃的就是新鲜、水灵！

旧屋的曾经，活色生香，美而骄傲。

后来，屋主人走了。一张张蛛网遍布在房梁上，昆虫在四周飞舞，鸟雀在这里筑巢，无处可去的野狗在这里安家……渐渐地，杂草丛生。不同于春日里那带着生机带着水润的翠绿小草，杂草是没有感情干巴巴的枯黄。杂草以疯狂的快速生长，迅速占据了每个角落。

旧屋破败了，像一位颓然的老者，沉默地看着自己衰老。

终究，在一个夏天的雨夜，它倒塌了。没有人知道它经历了多少风雨、多少日夜、多少轮回，只听到轰然的声响，然后它变成了一堆砖块，安静、无声。

雨水漫过了屋檐，浸透了房檐，掩盖了往事。

江南姑娘

江南。

唇齿间吐出这两个字，心内忍不住柔软了几分，一阵缱绻。就好像一轴画卷，徐徐展开，杏花春雨，十里莺啼，清丽温婉，美如人间四月天。

江南姑娘喜水，无事便架一叶兰舟在水中自由来去。揪了一串菱角放在船内、采一朵洁白的莲花捧在手中、摘一枝莲蓬悠然地剥莲子，或者索性仰面躺在小舟内看天、看云，任由小舟在水中飘飘荡荡。直至暮色，才不急不缓地架了小舟缓缓归来，那份恬静，好似于时光深处悠悠而来。

江南姑娘喜花，房前屋后都是花。门前的夜来香，屋檐下的迎春，院子里的海棠，屋檐下的蔷薇，窗台上的兰花，屋后还有桃花、梨花、杏花……若逢花期，真真是到处花团锦簇，一派热闹。人在花间流连，看看这朵也好看，看看那一树也是漂亮。一回头，那花间的姑娘却是也应了那一句"人面桃花相映红"。

江南姑娘喜秋千，几乎每家每户院子里都有那么一架秋千。一个坚固的架子，或铁、或木，有时甚至是两棵挨得比较近的树。两条粗粗的麻绳，一块板，就是一架秋千。坐在秋千上，双脚用力一蹬，裙角飞扬，人的心情也随之飞扬起来了。跃过围墙，看到了隔壁那枝跃跃欲试想要过墙来的红杏；跃过房檐，看到了燕子窝里嗷嗷待哺的小燕子；跃过屋顶，总觉得伸出手就能抓一朵白云下来。

江南姑娘喜书，会在暖风熏得游人醉的午后，捧了一本书坐在窗前安静地读了一下午；也会在万籁俱寂时夜读，蹙眉深坐，挑尽残灯。书读得多了，便生了玲珑心窍，就有了满腹才思。看那杨柳微风，看那三秋桂子，看那十里荷花……不再是死物，而是命运给予江南之地的眷眷深情。

娉娉婷婷的江南姑娘，款款而来，低头浅笑，千般情态，万种风情！

记忆中的小板凳

搬家收拾东西的时候，母亲变戏法般地拿出来一张小板凳，坚决要带去新家，说是小巧不占地方又结实耐用，以后我的孩子出生了，没准就用上了。

这张小板凳，它是我小时候的专座，原木色，刷过清漆，是母亲找木匠为我量身定做的。后来我长大了，这张椅子就好像从家里消失了，再也没有见过。如今想来，应当是被母亲收了起来。这么多年过去，虽然椅子的颜色发暗，但依然瓦亮瓦亮的。

一栋两层的楼房，灰扑扑的水泥围墙，一扇嘎吱作响的铁门。这就是我的幼儿园。

我们是要带着椅子去上学的。我好动，坐不老实，竹椅子总是因为扭来扭去的我发出痛苦的"咯吱咯吱"声，母亲无法，只能去找木匠做了这么一张小板凳。小板凳是哑巴，无论我怎么扭来扭去，都一声不吭。

铁门到楼房，有一片空地，那就是我们的操场。现在想来，连块砖都没有铺的操场真的是简陋至极。只是对当时小小的我们而言，那就是欢乐的发源地。

东边是一张水泥的乒乓台，占据了三分之一的操场。我常常拖了小板凳垫脚，爬到乒乓台上，把睡觉盖的大毛巾往身上一披，我就是一个武功高强的大侠。每当我站在台上抖开身上的"披风"，我坚信自己就是未来的武林盟主，目光所及都是我的江湖。虽然每次都会被老师像拎小鸡一样拎回教室，但我还是乐此不疲。

西边是一片菜园子，与厨房相连，都由一个老奶奶管着。整个幼儿园时期，那个老奶奶在我眼里，就是生命中最美丽的仙女。我们每天午觉醒了，就会带着自己的小板凳去厨房吃点心，有时候是几块难吃的饼干，更多时候是热气腾腾的菜粥、烂糊面，甚至会出现萝卜丝饼、韭菜饼。我每天都两眼放光地盯着那片菜地，只要地里少了菜，就开始了一整天的期盼。

陈年旧事总是容易模糊，我已经记不起太多往昔，却有一个小小的身影在记忆深处无比清晰、鲜活——一个拖着小板凳的小孩，在那一方小天地里来来去去，简单地快乐着。

如今，那个拖着小板凳的小孩长大了，并没有如愿成为武林盟主，倒是对菜园子的感情一日更比一日深厚。

我的武林盟主梦，从未对人言说，只有眼前的小板凳知道。

带上吧！带上我的小板凳，带上那个已经在记忆中被收藏妥帖的小小的自己，带上那个有着可笑又可爱梦想的自己！

花开时节又还乡

我少时离家，人到中年，倦鸟归巢，回到故乡。

回家的路总是显得特别漫长，山一程水一程，一程又一程。奔波多日，终于看见了那远山青翠、那近水含烟，看见了那袅袅炊烟、那田田荷叶，看见了那长街曲巷、那黛瓦白墙……

啊！我回来了，故乡！

老旧的弄堂，与记忆中幼时模样重合，却又分明不一样——这种熟悉又陌生的感觉，我的童年只能孤零零地站在原地，稚嫩的它面对如海浪般涌过来的沧桑手足无措。我背井离乡的这些年，童年在我记忆中鲜活，而故乡却在我看不见的地方日渐苍老了。弄堂的墙壁泛黄，巷道墙根长满了青苔，大门上的铜环锈迹斑斑——似乎在告诉我，岁月不曾饶过我，又何曾饶过故乡？

那座横跨两岸的石桥，幼年的我在上面奔来跑去无数个来回。我曾抚摸过桥身的每一寸，这里雕的是莲花，那里雕的是鲤鱼，精巧别致，栩栩如生。两边的桥柱子上各蹲着一只威风凛凛的狮子。如今，年代久远，桥身上很多图案已经无法辨认。石狮子在时光流逝中失了威风，只剩下风烛残年的老态……

桥堍下，以前是一间小店，只一片小小的地方，连招牌都没有，商品也乏善可陈，除了油盐酱醋这些日常用品，少有零嘴。老板娘是一个白白胖胖的女人，没事就坐在门口的小马扎上织毛衣，只是直到我离开小镇，那件毛衣也才织了那么短短的一小段。我常常拎着空瓶子在桥上跑过，到这里打酱油、打醋、打酒……灌满了瓶子，转身就要跑的时候身后总是传来老板娘软软糯糯的喊声："跑慢点，小心别打了！"

我站在桥上，出神地看着桥墩下——那里还是没有招牌，有个胖胖的身影正弯着身子在门口忙着什么。是了，你看那张小马扎，再看小马扎上那个竹笸箩里那团乱糟糟的毛线——一定是她！

"老板娘，你的毛衣怎么还没有织好？"

这句话，我当年问了她无数遍。

她回头，眯起眼看我，许久，才露出一个笑容，还是那软软糯糯的声音："臭小囡，拐着弯儿说我懒呢。"

这句话，她当年答了我无数遍。

就好像我未曾远走，就好像我未曾长大。

这一刻，我的那些惆怅疏离消失殆尽，只剩下满满的妥帖——吾心安处是吾乡！

"啥时回来的呀？"她问我。

"刚回。"

"啥时候走啊？"她又问。

"不走了。"

似乎惊到了她，停了手里的活儿盯着我看，良久，叹了口气，盛满无奈，"我回头就把那个笸箩扔了，不然你这个臭小囡不得天天催我织毛衣啊。"

我忍不住笑了起来，连忙说道："不会的，不会的。我那不是怕你认不出我吗？"

她冷哼一声，"你就是故意的。"

老小孩，老小孩，越老越小孩。老板娘老了，这脾气倒是越来越像小孩了。

我再三保证过后，她招呼我一起种花。

也不知道她从哪里找来了这么多破旧的罐子，陶制的、土制的，呼啦啦地排了一条长龙。这几只矮小一些的罐子里都种上了吊兰，一溜儿摆

205

在窗台上，雅致是断然谈不上的，只能说为这老弄堂添了几分鲜亮；那几只高大一些的罐子里都种一些五颜六色的小花，一溜儿排在窗台下，看着非常热闹，像为老弄堂注入了些许活力；竟然有两口缸，都是边沿上缺了口子，一口养了鱼，另一口打算养荷花——鱼是从河里现网的，简易的渔网，扔出去，收回来，得了许多一指长的小鱼。

我说："我们该买点金鱼的，或者锦鲤也可以。"

她笑呵呵地说："穷讲究！我养鱼就是不想让这缸废着，就是图个有趣，我就看着咱这河里的鱼亲切。"

我看着河里那一片已经开得娉娉婷婷的荷花，不免有些担忧，"你看咱河里的荷花亲切吗？"

她白了我一眼，让我陪她一起沿着河道走一走。

我总算知道那些壶啊、罐啊、缸啊都是从哪里来的了。河道的周围，随处可见。屋檐下的罐子，接了满满的雨水，似是承载了故乡下不完的雨；草丛里的罐子，小草在野蛮地生长，渺小却又蓬勃的力量；巷子深处的罐子，青苔爬满了半边，那是湿漉漉的往事……

我一手拎了一个灰扑扑的空罐子走在她身旁，突然明白她为什么要捡罐子回去种花了——她种的是花又不是花，她留下的是罐子又不仅仅是罐子！

月是故乡明，人是故乡亲。

那些一曲柳风笛声中渐行渐远的人啊，罐子里的花都开好了，可缓缓归矣！

春味儿

　　母亲在网上购了十斤春笋，钻进厨房前夸下海口：今天我给你们做上一桌全笋宴，美得你们舌头都想吞下去。闻言，我回书房找了本袁枚的《随园食单》，又转回厨房门口倚着，道："要不要我给你读一读古人的菜谱啊？"母亲瞪了我一眼，挥挥手赶我走，又把厨房门关上了。

　　东坡曾说："宁可食无肉，不可居无竹。无肉令人瘦，无竹令人俗。"细想，我约莫就是一个俗气的人了。对于竹子并无偏爱，对于竹子根上长出的嫩芽倒是十分执着——那应春风而发的笋，透着股招人的新鲜气儿。

　　幼时，屋子后面是有一片竹林的。春风刚吹过，我就兴冲冲地提上小篮子冲进去采笋。冬笋藏于地下，要挖才行。而春笋很好寻，遍地新绿，就它一身棕褐色挺拔地站在其间，扎眼得很。春笋不需要挖，遇上那嫩生生的，用手轻轻一掰，就能听到"啪"一声脆响。偶尔遇到几棵"负隅抵抗"的，拿小锄头一锄立刻"乖乖投降"被收缴到小篮子里。

　　春笋长势极快，像是在地下憋狠了，春风一吹，就铆足了劲儿长起来了。只消十几天的工夫，它就可以长成一竿修长挺拔的嫩竹了。走近它，似乎就能听到它拔节生长的声音。

　　采春笋的时候，经常会遇到野鸡野兔，我甚至还遇到过一只刺猬。野鸡见了人，一声尖锐的啼叫，然后扑棱着翅膀飞了起来，冲入竹林身处，不见踪影。野兔多是蹲那儿警惕地看着你，而后"哧溜"一下蹿个没影。只有刺猬，可能是刚从冬天醒来，还迷糊着呢，就傻傻地团在那儿，现在想来，也是有些可爱。

不需要多久，一篮子的春笋就满满当当了。我提回去给母亲，到了饭点，就能美餐一顿。

如今，竹林没有了，本以为赶不上春天的新鲜趟儿了，好在还有网购。

母亲在厨房鼓捣了好半天才开了门。腌笃鲜、葱油焖春笋、马兰春笋炒蘑菇、酒酿春笋烧鸡翅、鲜笋排骨汤……还真是一桌全笋宴。这个时节，这样一桌鲜香的饭菜，不吃上两碗饭我都觉得对不起自己的胃。

我吃得畅快淋漓，想起来大学老师讲到东坡时说的玩笑话：无肉令人瘦，无竹令人俗。若要不俗也不瘦，餐餐笋煮肉。

正是这个理儿！

青团里的故乡

春，来得猝不及防。田野间，应该是一派春色迷离景象了吧？

每年这个时候，母亲都会去垄上割了许多浆麦草回家捣汁做青团。青团，又叫"清明果"，以前是清明扫墓时用来做供品的。如今，扫墓时多以鲜花寄托哀思，青团更像是江南这一带的一个节气符号，每到清明，家家户户都要做上一些青团，自食或者馈赠远方的亲友，倒是有了几分"每逢佳节倍思亲"的意味在里面。

这时，菜场有一些商家会单独划出一块区域出售青汁，年轻人多是买了现成的青汁回去做青团，而像母亲这个年纪的人，多是三五个约着一起去垄上割些浆麦草回来自己捣汁。母亲说，只有用石锤锤出来的浆麦草汁做青团，才能吃到植物最天然的清香。对此，我深以为然，毕竟，袁枚在《随园食单》里也是为青团记了一笔：捣青草为汁，和粉为团，色如碧玉。

青团的制作工序从割草、捣汁、拌粉、制馅到上锅蒸熟，繁复纷杂十几道。除了捣汁这个力气活我能帮上手，像和粉这类技术活儿母亲是一概不许我沾手的。母亲和粉有个小秘方，和粉时加一些猪油，这样做出来的青团，不仅吃起来口感好，那色泽也真如袁枚所言——如碧玉，油亮喜人。

我的口味偏咸，母亲的口味偏甜，所以，我家做青团是要做咸甜两味的。甜味是黑芝麻、花生、猪油混合做馅，咸味是鲜笋、猪肉混合做馅。尚且记得，上锅蒸时，母亲会细心地在蒸屉中铺了一层粽叶，说是这样可以留住青汁里的清香……我站在超市的速冻食品柜前，看着那冻得硬邦邦的青团陷入回忆。突然就懂了汪曾祺说出那句"曾经沧海难为水，他乡咸鸭蛋，我实在瞧不上"时的心境。此刻的我，不正是如此？非出自母亲之手的青团，我实在瞧不上。

出了超市，我给母亲打电话，开门见山："妈，我要吃青团。"

"你是闻着味儿来的吧？"母亲打趣道，"今天一天就忙活做青团了，青团还在锅上蒸着呢，你电话就来了。晚上就给你寄过去。"

第二天中午，快递小哥喊我去小区门口取快递。我拿回家，即刻上锅蒸，出锅后趁热咬了一口，团子皮是有韧性的，绵软却咬不断，且嚼劲极好，满口草木的天然气息。馅料也好，草木的本味融合了食材的鲜美，清香中混杂了几分粗糙的质感——这是妈妈的味道，是家乡的味道！

圆鼓鼓的青团如一个乖巧的胖娃娃躺在瓷白的盘中，像是故乡池塘里的荷叶，亭亭在水面上。不对，这个时节，哪里来的荷叶？眼前冒着热气的，分明是田垄上的碧草、山野间的绿树、是这座钢筋水泥的城市少见的春色……母亲寄来的，不只是青团，还有一片故乡的春天！

甜粽如蜜艾叶香

又到一年艾叶飘香时，房前屋后的粽叶又长得极茂盛了。

每逢此时，母亲就会开始包粽子。

只是，母亲喜欢挎着一只大竹篮去远处的河边采摘粽叶。我问母亲，何必舍近求远？母亲说那里的粽叶厚实，做出来的粽子香味足。

摘来的粽叶是要在水缸里泡上个三五天才能用来包粽子的。到了包粽子那日，小小的厨房就被盆啊桶啊占满了。泡好的粽叶捞出来放在母亲左手边的盆里，右手边是三个小桶，分别放着糯米、红枣、赤豆。另一个空桶是用来装粽子的。

母亲手巧，手指一动，粽叶就在她的指间变成了一个倒三角的形状，然后拿起勺子开始往里面加料：两勺糯米、一勺赤豆、一颗红枣，再来一勺糯米。随后拿起一旁的筷子将这些材料压实，再抽一根彩线，一折一翻间线粽子已被捆扎实了。

我手笨，不会包粽子，只能揽了煮粽子的活计。母亲交代我，每10只粽子系成一串，这样给亲朋好友送粽子的时候就不需要再数了。我听话照做。等粽子出锅的时候，我拎着一只粽子，就能拉起一长串，就好像撒网捕鱼，收网时发现鱼虾满网。

这个时节，每家都在包粽子、煮粽子，整个村子上空都漂浮着粽香。我努力地深呼吸，也没闻出这粽子和别的粽子有什么区别？倒是亲友们很给面子，常常是一副争着抢着想要多拿一些粽子回去的模样，都说母亲的粽子特别香！这时，母亲就坐在旁边乐，带着点儿骄傲又带着点儿小欢喜地劝他们:"都别抢,每人一串 10 个,我给你们分好了,谁也不多,谁也不少啊。"

我偷偷问母亲:"我怎么没觉得特别香?"

母亲瞪了我一眼:"现在谁家缺一口粽子啊?不过就是我亲手包的,大家珍惜的是这份用心!"

"恩,我现在突然觉得您包的粽子特别香了!"我忙不迭地点头。

母亲只包甜口的粽子,她说:我希望吃到粽子的人,生活甜甜美美,高高兴兴。就好像平时她常常念叨的那句"咱们呀,吃啥都得吃个甜的,心里高兴"。

是呀,不论生活还是工作,凡事都给自己一点甜,高高兴兴的。

在寒风中垂钓

周末，天气晴好，先生邀请我一起去钓鱼。先生没什么爱好，一喝茶，二钓鱼。钓鱼，我是不懂的，倒是年少时常在乡下，没少去沟渠里捣蛋。

江南的乡下，沟渠多。沟渠与河道窄小许多，大多只有一个正常成年男子的宽度，且与河道错综相连。是以，沟里的水是流动的，水下面的鹅卵石和泥沙也是流动的，随之一起流动而来的还有虾、螃蟹、小鱼……甚至水蛇。

小鱼喜欢藏在石缝处，水蛇也喜欢躲在石缝里，虽然都说水蛇不咬人，却还是害怕得不敢伸手去摸，常常是用小竹竿对着石缝一阵乱捣。小鱼惊惶四窜，又逃入其他的石缝，只有水蛇甩着长尾巴慢悠悠地游走。还是螃蟹好抓一些。螃蟹藏在石头下，轻轻把石头掀开，螃蟹就会仓皇出逃，横着跑的螃蟹怎么也逃不过我们手掌，两指一按，它便成了俘虏。偶尔，也可以在水沟里捡拾到淡青色的鸭蛋。鸭子亲水，又馋着沟里的小鱼小虾，三天两头就去水沟里窝着，一不留心，就把蛋留在了水沟里。

时间向前流，流过岁月，水沟老了，就好像沟坝上那株小草，枯枯荣荣，然后被光阴和记忆遗忘。

我曾回去过一次，在幼时玩耍的水沟旁站了一会。沟里的水流依旧无声、舒缓，只是泥沙和鹅卵石将沟床堆得越来越高，越来越臃肿，像腐肉上的肿瘤。尚算得上清澈的水流里已没有螃蟹和小鱼的踪影，更不见村里的孩子来这里玩耍。是因为没有了螃蟹和小鱼，孩子远远离开了？还是孩子不再喜欢在这里游戏，螃蟹和小鱼悄悄地离开了呢？

如今，在城市里再难见沟渠。钓鱼，不再是一份野趣，而成了一种休闲。

"钓鱼，是不能问收获的。有，或者没有，都是收获。"先生说。

我看了一眼空空如也的提桶，挑眉，憋笑，没有戳穿他。冬日寒冷，硕大的鱼塘边就我们两个垂钓者。我起了念，遂与先生说："下周咱们回乡下钓鱼去，找个野塘，钓点趣味儿，好过在这儿傻傻吹冷风。"乡下的野塘随处可见，有名字的，也有叫不上名字的，圆形的，长条的。这些水体多年不揭底，且都是些"生塘"。荒了许久无人问津，鱼的个头铁定厚实，才是钓鱼的好去处。

透明的鱼线在阳光下闪闪发光，我在寒风中垂钓，钓一尾幼时的鱼。

大排档里的童声

相比较高档酒店的雅间，我更喜欢路边的大排档。在雅间吃饭，小声说话，喝酒亦不尽兴，总是要端着一些姿态，唯恐一不小心就坏了这一处的雅。而在大排档，大声地高谈阔论，酣畅淋漓地喝酒，酒酣处吆五喝六……每一桌有每一桌的热闹，各自成一格，无须担心打扰了其他人，你只管痛快便是了。

暮色四合时，这些大排档就开始营业了。你尽可以闭着眼随意选一家，都不会辜负你的胃。只有好吃的摊子才会留存下来，那些毫无特色、味道平平的摊子早就被岁月淘汰。

我常去的大排档，烤鱼是一绝。据说老板年轻时候是歌手，只是时运不济，始终没红。起初也是为了音乐梦想坚持了一些年月的，后来家里实在耗不起了，他耽误了读书，为了生计索性去学了厨，后来又做了这个大排档。

"姐姐，您的鱼。"

上菜的是竟然是一个八九岁的小姑娘，稚嫩的脸庞白嫩白嫩的，乖乖巧巧的样子与这一份嘈杂纷乱的格格不入。只是，小姑娘的眉眼竟与老板有几分相似，又觉得她出现在这里合情合理。

我们来得早，客人还少。友人朝老板招招手，待老板到了跟前，挤眉弄眼地问道："老板，那不会是你女儿吧？"

本是一句打趣的话，没想到老板笑呵呵地答了句："可不就是我闺女嘛！不肯在家待着，闹着要过来给我帮把手。"一副有女万事足的骄傲模样。

断断续续的交流中获悉，老板早早就结婚生子了，只是年少轻狂的他坚信自己有朝一日一定可以红透大江南北，他的妻子眼看着他天赋和机遇都一般，却执迷不悟地要在音乐的道路上是要一条道走到黑，就带着孩子回了娘家。同时还放了话，让他什么时候脑子清醒了再去见她们母女。

说起往事，老板颇有些感慨："年少轻狂不知事啊，这些年，苦了她们娘俩了！"

友人也是一番唏嘘："好好珍惜啊！"

说着话，小姑娘跑了过来："爸爸，我可以给大家伙儿唱个歌吗？"

"当然可以，你喜欢唱就可以大声地唱！"

小姑娘蹦蹦跳跳地跑走了，不多时，竟是拖了个麦克风架过来，清了清嗓子要唱歌了。

"随我，喜欢唱歌。"说这话，老板脸上的神情温柔得能滴出水来。

稚嫩、干净的声线，像雪簌簌落下，轻柔、清晰。纯澈在这一瞬间被无限拉长，消逝在苍穹那端。

一曲终了，我们忍不住起立鼓掌。

过了片刻，又一曲响起……

我们离开的时候，恰好听到小姑娘依偎在老板的身旁，小声地描绘自己的未来："我喜欢唱歌啊，唱歌是很快乐的事情。我要唱给那些难过的人听，他们听了就会高兴……"老板一脸宠溺地看着小姑娘，时不时点头。

这一刻，大排档的烟熏火燎似乎淡去了，街巷市井的嘈杂喧闹也成了背景板。

人间有味是清欢，这小小的清欢深藏在柴米油盐的平凡生活中。

去老家吃席

周末的时候，父亲喊我回老家吃席。

在老家，吃席是一件很隆重的事，因为一年到头也难以遇到几回隆重的场面。

做这些席面的厨师多半都是半路出家，手艺谈不上好坏。是以，办席的菜品是再平常不过的了，既没有新花样，亦没有什么新惊喜。只是一碗碗、一盆盆，分量十足，像老家的人一样，实在到骨子里。通常是要先上凉菜后上热菜的。六个凉菜，意为六六大顺。十大碗热菜，取十全十美之意。否则，主家是要被人嘲笑的。

吃席的时候，去的人一般都会穿着最合身的衣裳。

幼时，我最喜欢跟着父亲去吃席。向来不太注重个人形象的父亲在出门前也会在镜子前驻足良久，用沾水的梳子将并不茂盛的头发梳得溜光水滑。西装挺括得像随时可以上台发言，皮鞋擦得锃光瓦亮。我总觉得他一会儿要上台讲几句话，然而他只是坐在那儿与人推杯换盏，他们喝得热闹，却不怎么动筷夹菜。是以，隔壁桌上早就空盘，而我们桌上依然堆得满满当当……

多年以后，父亲对于吃席这件事依然郑重。母亲笑着说："他呀，为了吃席，特意新买了一身衣服。"父亲轻轻拍着衣服上并不存在的折痕，嘴硬得很："换季了，我本来就该买身衣服了。"

出门的时候，父亲指挥我将牛奶和水果放到车上。

我们与今日办事的主家是沾亲带故的老乡邻，吃席是不需要送红包的。拎上一箱牛奶，抱一篮水果，就算是全了礼数了。

远远地，就看到了搭成一片的篷子。再近些，就有与父亲年龄相仿的人迎了上来，热情地带我们去见了主家，又周到地给我们安排合适的位置，陪着说了一会儿话才转身去忙其他活计。

同桌而坐的，依稀就是多年前与父亲推杯换盏的那些人。他们依然喝得热闹，不怎么动筷夹菜，只是——坐下时才打开的那瓶白酒似乎被人遗忘了，水位线纹丝不动。倒是一旁的热水壶，空了又满，满了又空，来来回回好几次。

我侧身，看向不远处那一桌满是孩子的席面。一盘菜刚上来，没有人在乎好不好吃，就是一阵筷子与盆撞击的热闹，风卷残云一般，不多时就剩下一个清洁溜溜的空盘。

吃到一半，主家领着两个人过来敬酒了。一人负责给大伙儿倒酒，一人负责给大伙儿发烟点烟，吉祥话不要钱似的一句接着一句往外蹦。什么"哥，好事成双，必须再来一杯"，什么"叔，您老这精神头可不输年轻人，咱们走一个"，什么"薄酒淡菜，大家吃好喝好"……挨个儿与主家喝过一杯，又集体敬了主家一杯表示感谢，吃席中最重要的一个环节就这样热热闹闹地结束了。

吃席结束，与主家告别的时候，手里突然被塞了一个包得扎扎实实的红色塑料袋。主家笑得朴实，道："这是特意让厨子多卤的蹄膀，带上，带上，带回去吃。"推拒不过，只能再三道谢。

回家的路上，父亲感慨："还是那个味儿！"

去老家吃席，吃的不是席面上的菜，更多是去复刻那些只在记忆里鲜活的时光，咀嚼在岁月中沉淀愈醇厚的情谊！

听戏去

周末回家，吃罢晚饭，我瘫在沙发上玩手机，母亲道："走，咱们听戏去！"听戏？这个词一入耳，那如丝的唱腔就在脑海中开了场。我一骨碌爬了起来，套了外套就跟着母亲出门了。

家在农村，人们习惯了白天下地干活，晚上聚在一起哼上几句的日子。幼时的我搬个小板凳凑在一旁似懂非懂地听着，跟着唱腔起伏转折摇头晃脑，只觉得那曲调像把小钩子，把我的心也钩住了。他们天天咿咿呀呀地哼唱，我便天天托着腮帮子静静地听。

年幼的我最期盼的莫过于过年过节。逢年过节，村里就会请戏班子来唱上一台戏。村口冷清的戏台子就得布置起来，花红叶绿，冷邦邦的石头就有了温度，从里到外透着欢腾，分外喜庆。

在村里看戏，一般都是看戏的比唱戏的还热闹。大家早早就拎了长凳来抢占前排的好位子，然后你给我一把瓜子，我给你一把花生，边吃边聊。有些出门晚的，索性连凳子都不带，索性就站在后面伸长了脖子看。也有那伸长了脖子也瞅不见的，只能再回家中搬了椅子来垫脚。孩子们在人群中灵活地穿梭、嬉闹，他们追追打打，眼神时不时就瞟向戏台，就怕自己玩闹过了头，错过了开场的锣鼓声。

夜幕降临，戏台上灯光亮起，几位师傅拿着锣鼓在台边坐定，大家连呼吸都变得小心翼翼。期待了一天的戏，马上就要开场了。锣鼓声起，身子曼妙的旦角儿到了台前，兰花指一翘，水袖舞得翻飞，"咿咿呀呀"一张口，哀婉缠绵、忠孝节义的故事就算是粉墨登场了。戏台上唱的大多是人们耳熟能详的本子，只是台上的角儿们唱得凄苦处声泪俱下，台下的人们也跟着抹眼泪。还有那些懂些戏文的，平日里也爱哼上几句的，这时就摆足了谱，时不时就要品头论足一番，兴致盎然。

当年的我最喜欢看《孙悟空三打白骨精》，那"孙悟空"能一口气翻一连串的跟头，绕着戏台翻，都不带停的。我想，若不是戏台边上有竹竿拦着，保不准那"孙悟空"就一个跟头翻到十万八千里之外去了。

只是岁月变迁，村口的戏台早就败落，无处可寻。

后知后觉的我突然想起来问母亲："我们这是上哪儿听戏？"母亲看了我一眼，道："街上开了个'戏码头'，30元一张票，可以听一晚上的戏呢。"

一路上，倒是遇到了不少老人，或两人结伴，或三五成群，陆陆续续往那"戏码头"去了。只听得有人在说："唉，老张啊，这门票可要30元一张呢，你平日里抠抠搜搜，这听戏倒是跑得快啊。"回应他的是带着笑的声音："宁舍一餐饭，不舍一场戏。"

哈哈！走，听戏去！

爸妈，请让我做你们的"防弹衣"

老爸给我打电话的时候，声音很急促，又带着些讨好。大意是我妈执意要去另一个更好的医院手术，在那里的医药费不能报销，需要自费。

我说："自费没关系，钱我出。一定要最好的医生、最好的药。"末了，补了一句，"今天来不及了，我明天就回去。"

电话那端的老爸似乎是松了一口，忙说道："钱不用你出，我们有钱。你也别回来，你妈就是个小手术。你妈不让告诉你，怕你知道了耽误工作。我、我……就是……就是和你说一声。"

"我明天一早就会去医院的。"

听出了我的坚持，老爸讷讷，"好，好。"随即又道，"明天下午手术，你可一定要到。"

我一晚上没睡，第二天大早赶去了医院。

我妈盘腿坐在床上，面色红润，兴致勃勃地和我爸聊她接下来的安排。她觉得自己也就是一个小手术，动完手术顶多在医院躺两天就能出院，出院以后歇一个星期就能去跳广场舞。我爸在一旁笑眯眯地点头，毫无异议。

到了中午，护士过来叮嘱了一些手术注意事项，老妈不情不愿地换上了手术服在病床上躺好。没多久，护士带着护工过来推床了。

"家属，帮手推一把。"我看着老爸推着妈妈的病床走在我前面，眼泪在眼眶里打转。我不知道老爸是什么想法，只是那样看着我妈躺在那里，我就觉得难受，忍不住想哭。

到了手术室门口，护工就走了。一个护士从里面探头出来问道："家属只能进来一个，你们谁进？"

我看看老爸，老爸看看我。老爸慢慢松开了握着病床的手，嗫嚅了一会儿，等到护士催了，才说道："你去吧。"

"老爸，你不会是胆小吧？"我一愣，问道。

"不是。"老爸不敢看我，"就是怕一会儿医生说什么我听不明白。"

我想，我爸肯定是害怕了。"好！"我双手握住床头栏杆。

那床很沉，不容易推。我的手有些抖，短短几十米路，推得歪歪扭扭的。还好有护士在另一头掌舵。我无法想象爸爸是怀着怎样的心情稳稳地推了那么一长段路把妈妈送到手术室的门口。

"你在这儿等，一会儿手术好了会找你的。"医生说完关上了手术室的门。我在门口呆立了很久，直到手机屏幕亮起来。是老爸发来的信息，他问我手术怎么样了？

我回复："刚进去。"老爸回了我一个"哦"字。有护士经过，和我说别站在门口，去旁边的椅子上坐会儿，手术初步成功后医生会出来和我说一声，然后再做收尾部分。

其实，手术室门口的环境很压抑。灯光很暗，这儿有一扇门，那儿有一扇门，显得空间逼仄。我抱膝在门口蹲着，这样能让我好受点。

"手术还没有结束吗？"爸爸的消息又来了。这回，轮到我言简意赅了："嗯。"

老爸又回了我一个"哦"字。

好不容易，医生出来了，手里拿了个小瓶子，里面装了两粒圆滚滚、有我拇指第一节那么粗细大小的不明物。

医生说："手术成功，但因为动刀的位置比较尴尬，所以现在出血比较多。但你不用担心。我现在马上要进去缝合伤口了。有其他问题吗？"

我立刻摇头，连声道："没有，没有。"

其实我想问问，为什么动刀位置会比较尴尬？出血多是怎么个多法？

但，不行！这个时候就是争分夺秒，我少说一个字，我妈就能多一秒钟。

我给爸爸发消息："医生刚才出来了，说手术成功。"想了半天，终究没有把医生的原话说给我爸听。医生说了让我不要担心，那应该就不会有事吧？

又等了很久。老爸的消息来了："不是说缝合伤口了吗？怎么还没有出来？"

爸爸应该是急了。我回复："医生说伤口位置不太好，估计缝合有难度，所以慢点。"

老爸再次"哦"了一声。

终于，手术室的门开了，医生出来了。"再等一会儿，病人还有一个麻药观察期。"

我踮脚往里面看，看到了一堆仪器中间的闭着眼睛的老妈，面上还罩着氧气罩。下意识地一把拽住了医生："我妈是不是在吸氧？"

医生回头看了一眼，"手术很成功，但伤口出血有点多，不过已经控制住了。你在这里等会儿，麻药过了就好了。放心吧！"

成功就好，成功就好！我松了口气，给老爸发消息："手术成功，我看到我妈了，等麻药。"

老爸秒回我："好的，我在外面等你们。"看来是时时刻刻握着手机在等我信息。

我和爸爸都觉得醒麻药是一件很快的事情，却不知半个小时过去了，护士还没有同意我妈出手术室。我的心又悬了起来。为什么那么久？老爸催促的信息发来了。

我也想知道为什么那么久啊？我想了想，回复："护士说多观察一会儿。"

等我妈彻底醒过来之后才知道，因为需要动刀的位置很尴尬，所以当时征得本人同意后多用了一些麻药。

我妈一脸无所畏惧，"说了小手术，瞧把你们俩个吓得——"说着，又看了一眼我爸，对我说道："你爸就是胆小，居然让你推我进去，你有多少力气啊，我当时躺在病床上就觉得像坐船，晃得我晕啊。"

"我那是怕自己听不明白医生怎么说的。"老爸据理力争。

"就知道说你你也不会承认……"老妈嘟囔了几句又睡着了。

我向老爸看去，只见他正看着我妈，良久，叹了口气，抬头，撞见了我的目光。"老爸，以后家里有什么事情都不要想着瞒我，要提前告诉我。"我走过去，一把钩住老爸的肩膀，一副哥俩好的样子，"我长大了，没遇上事，我是你们的小棉袄。如果遇上事了，我就是防弹衣，最新进口的那种。"

"好，好……"